お茶のお供にお話を

アリス・テイラー／高橋歩訳

アイルランドの村イニシャノン

未知谷
Publisher Michitani

はじめに　りんごの木の下で

今日はとても良いお天気で、わが家の庭はぽかぽかした午後の日差しの中で、うとうと居眠りしています。すぐそこのシダの下でクロウタドリが歩いていましたが、近所の猫がぶらりと入って来ると、警戒してそちらをじっと見つめています。でもこの猫は、ずいぶん年をとっていて餌もたっぷり食べているため、わざわざ小鳥を追いかけるという面倒なことなどする気はないようです。クロウタドリもそう見て取ったのか、まわりの気だるい雰囲気に調子を合わせて翼をふくらませ、温まった芝生の上で日光浴を始めました。庭にはゆったりとした穏やかな空気が満ちています。私の村に、わが家に、うちの庭に、ようこそいらっしゃいました。

裏口から庭へ出てください。ゆっくりと歩いてみるとわかりますが、立派な庭園とはとてもいえません。長らく使っていなかった古い入れ物をかき集めてきて並べ、その中に園芸センターで衝動買いしたいろいろな植物が植えてあるだけです。そんなわけで、普通では考えられないような様々な色がとりどりに映えています。みんな「この家の主人はもしかしたら天才か、でなければ、園芸に取りつかれた変人だ。ああきっと、変人だな」と思うでしょうね。

　まず、バラがモサモサと絡みついたアーチに目を奪われますが、これは、そこから先が本当の庭だと示しているのです。庭のアーチの役割は、訪問者を別の区域へと導くことです。うちの庭のアーチをくぐった人は、どっちへ進んだらいいか示してくれる表示があるのではないか、そう期待するでしょう。それなのに、またアーチの立つ小道が、右に左に、まっすぐ前にも続いているのです。ちょっと面食らってしまうかもしれませんね。いったいどの道を進めばいいのか、庭を手入れしている人がはっきりと示してくれたらいいのに、そう思うでしょう。庭師は女性だね、とみんな感じ取ります。男性なら、こんな庭造りをするはずがないからです。男性とは直線的に考える生き物ですものね。さて聖ヨセフ様の古びた石像に向かって前へ進んでください。一輪のユリを御手に持っていらっしゃるのですが、欠けていて、半分だけの花になっています。まったく、この家の主人ときたら！　そこにもうひとつバラに覆われたアーチがあり小道が左へ伸びています。そちらへ進むと、古いりんごの木の下に出ます。敷物を敷いたベンチ*があり、「どうぞお休みください」そう誘いかけてきます。これがジャッキーおじさんのりんごの木です。腰をかけてくつろいでください。時代物のベンチですが、思いのほか坐り心地がいいのですよ。まるで天国にいるみたいです。じっと黙

って、腰掛けている感覚を楽しんでください。じきにお茶をお持ちしますから。

＊　著者の夫の養父。故人。

さて、ボーンチャイナの茶器とペグおばさん＊の銀のティーポットを、トレイの上に美しく飾るように乗せて持ってきました。庭でお茶をいただくという行為は、カジュアルなことではなく、エレガントで上品な、儀式のようなものだからです。それに、これからお茶をいただきながら、会話をはずませることになるのですから。私の住んでいる村について、楽しいお話を披露しますね。

＊　ジャッキーおじさんの妻。著者の夫の養母。故人。

私がイニシャノンに越してきたのは、もう五十年以上前になります。私は若くて愚かでしたが、その村は長い歳月を経て知恵に満ちていました。そして長年の間にこの古い場所とそこに住む人々が、私に多くのことを教えてくれたのです。私は幸運でした。結婚することで、この村に代々住み続けている、村を心から愛する家族の一員になったからです。家族から、村中の古い集落の名前を教えてもらいました。口から流れ出る擬音語の詩ように美しい、ゲール語＊の名前です。クルーラコーン、ダーアナガシャ、ラナラギー。せせらぎのような音の名は、苔むした土手に寄り添って流れる、曲がりくねった小川を連想させます。

＊　アイルランド語。アイルランドの第一公用語。ただし、国民のほとんどが第二公用語である英語を使用している。日常的にゲール語を使用している人々は西部にわずかに残る

のみで、人口のおよそ二%といわれる。

村の集落の地名は、イニシャノンの歴史を物語っています。東側の外れに、ゲール語で「浅瀬に続く小道」と呼ばれる細い通りがあります。大昔、アイルランドでは水路が幹線道路の役割を担っていました。道路は舗装されていない砂利道で、川にはまだ橋がなかった頃、川を渡ることのできる場所は、交易ルートとして大変重要でした。バンドン川の水位は、イニシャノンの地点まで潮の干満の影響を受けます。川はキンセールの港で海に注いでいて、潮がそこまで引くと、イニシャノンの水位が下がり、歩いて渡ることができたのです。イニシャノンはこの浅瀬のまわりに発達し、国内の他の地域からコーク県西部へ入っていくための、最初のアクセスポイントになったのでした。

ときが過ぎ行くうちに変化が訪れるのは避けられないことですが、古くからの集落の名前が残ったことで、過去のイニシャノンが現在の中に組み込まれることになりました。おかげで、村は長い歴史を残す興味深い土地になったのです。そんなわけで、うちの庭がどことなくひと昔前の雰囲気を漂わせているのかもしれません。

私はよそからやって来た人間ですが、越してきた最初の日にこの村がすっかり気に入りました。村は私を、心から歓迎して受け入れてくれたからです。もう五十年以上前のことです。それでは、この村のこの家での暮らしをお話ししましょう。

でもその前に、お茶をもう一杯いかが。

お茶のお供にお話を

目次

Original Title: TEA AND TALK
First published by The O'Brien Press Ltd.,
Dublin, Ireland, 2016
Published in agreement with The O'Brien Press Ltd.
through Tuttle-Mori Agency, Inc., Tokyo

お茶のお供にお話を

アイルランドの村イニシャノン

第1章

角の家

今朝はゆっくりと朝食を楽しんでから、新聞を取ってきてざっと目を通しました。これは、人生に対して明るい希望を持ち続けたいのなら、好ましいことではありません。新聞の見出しから、混乱した国際情勢の悲鳴が聞こえてきて、アイルランド国内の様々な問題と競い合っているからです。そんな記事を読んでいると、私たちが住む世界がまともじゃないことを思い知らされます。とそのとき、ある記事が目に飛び込んできました。「住宅危機を緩和するため、高齢者は小さな家に移り住むのが望ましい」。うん、すごくいい考えね。と思ったとたん、はっと気づいたのでした。これ、私のこと？　そういうことなら話は別。住み慣れた心地の良いこの家から出ていくなんて、考えてみたこともありません。

　この古家は、昔は「角の家」と呼ばれていました。家の様子をうまく言い表しています。村の中心の曲がり角にどっしりと構えているからです。家はまるで、自分が村の一部であり、周りのコミュニティーの一員であるかのように思っているのです。ダーモット・バノン*は視聴者の家をリフォームするテレビ番組に出演していますが、その彼が私の家を見たら心臓発作を起こしてしまうかもしれません。なにしろ、優れた住宅設計のルールなどすべて無視した造りなのですから。それに、わが家を訪ねて来る人のほとんどは横の通用口から入ってきて、玄関から入ることはありません。ダーモットはこの行為を「実に奇妙なアイルランド人の習慣」と言い放っていますから。うちの場合、もっとひどいことに、通用口から入ると、そこはお客様によい印象を与えるように設計された玄関ホールではなく、実用を重視した物置になっています。つまらないがらくたが満載で、ステップを三段下れば台所に入ります。素晴らしい第一印象を与えるように造られているとはいえません。それでも友人たちは、ずいぶん長いことこのルートを使っているので、何も気にならなくなっているようです。というより、そうであって欲しいと私が願っているだけかもしれませんが。

＊　一九七二年生まれ。アイルランドの建築家。

玄関のドアにノックの音がしても、聞こえないことさえあります。台所からずいぶん離れているからです。もしノックが聞こえようものなら、とたんに背筋をしゃんと伸ばし、いったい何の用事かしら、そう思ってしまいます。きっと、子どもの頃の体験からそうなってしまうのでしょう。だって、玄関をノックするなんて、警察か排水溝検査官の他にはいなかったのですから。それ以外はみんな、勝手に入って来たのです。いつもきまって「この家庭に平安あれ」と言いながら入ってくるご隠居もいました。なんと素敵な挨拶をしてくれる人でしょう。今では「私よ！」と大声で言いながら入ってくる友人もいます。

I'M IN
THE GARDEN

庭にいるときは、訪ねてきた人に知らせるため「庭にいます」と書かれたアンティーク調の木製の表示を台所のテーブルの上に置いておきます。これは、ある友人からプレゼントされました。その人は、わが家を隅々まで探し回ったあげく、ようやく私が庭にいるのを見つけたのです。そんなことが何度かあって、嫌になってしまったのでした。表示のおかげで、訪ねてくる人は裏口から（通りへ出ていく通用口ではなく）庭へ出ていくようになりました。お天気が悪くなければ、たいていは、そこに行けば私が見つかります。

かつてこの家では、大勢の人々がひしめき合っていました。はじめはゲストハウスでした。その後、私の家族が住むだだっ広い家に変わってくれ、今では私ひとりの家になっています。それでも寂しく感じたことはありません。この古家は住み心地が良いですし、どういうわけか、その時々で変化する求めに応じて、家も変わってくれたからです。奇妙なことに、こちらの望みに合わせて、伸びたり縮んだりしてくれているようです。だから、大きすぎるとも、狭いとも感じたことはありません。その時その時で、いつもちょうど良いと感じてきました。

ホスピスに贈る寄付金を募るイベント、コーヒーモーニング*の会場として使ったり、急にミーティングを開くことになったときの場所にしたりするのに、わが家はちょうど良いのです。それに、村の中心にあるため、村に越してきたばかりの人にも位置がすぐわかります。子どもの洗礼や葬儀など、親戚が集まるのに理想的な場所でもあり、結婚式の際、教会から披露宴会場へと移るあいだの、なんとも落ち着かない待ち時間を過ごす場所としても理想的なのです。おまけに、うちの家族同士がけんかをして、互いに距離を取りたいとき、会わないようにするのに便利でもあります。

＊ 老舗のカフェ、ビューリーズが主催する慈善イベント。毎年複数の町や村で開催され、ビューリーズがコーヒーを提供し、開催場所の近隣住民が手作りのケーキなどのお菓子を持ち寄る。売り上げはアイルランド国内のホスピスに寄付される。

わが家はまた、アラジンの洞窟のように、あらゆる物の置き場所になっています。村で文化祭を行ったり、教会でコンサートを行ったりするとき、あるいはまた、キャンドルやら容器やらいろいろな飾りを使うあらゆる種類のイベントが村で開催されるとき、なくてはならない品々が置いてあるのです。もしわが家がこざっぱりした小さな家だったら、イベントに必要な風変わりな物を預かるなんてとてもできません。うちには、様々な色とサイズのキャンドルがぎっしり詰め込まれた戸棚があります。教会で行ったキャンドルライトコンサートで使ったものや、ある目的で資金を調達するため、一度だけキャンドル作りをしたときの残りです。わが家がキャンドル作りの臨時工場になってしまったため、教会から数年分の使い古しのキャンドルが持ち込まれたのでした。今年のはじめ、アメリカ人の友人が感謝祭を祝っている真っ最中に、そのお宅が停電になってしまったのですが、わが家にストックしてあったキャンドルが、彼の家の真っ暗な問題を即座に解決しました。そんなことで、今でもうちにはキャンドルがたくさんあり、キャンドルをしまい込んでいる部屋はラスボーンズ＊の香

りがするのです。

＊ 一四八八年に創業した、ダブリンの老舗キャンドルメーカー。現在では、芳香のするキャンドルやアロマ製品を扱っている。

同じ部屋にオイルランプもいくつかあります。おそらく、オイルランプの灯りの中で子ども時代を過ごしたからなのでしょう、今でもランプが大好きで、長年の間にいくつも集めてしまいました。そのほとんどは、エレガントではあるけれど実用的ではありません。それでも、見ているのが好きなのです。最初のひとつは、この家を購入したときに買いました。ある大邸宅で開催されたオークションに出品されたものですが、手に入れたいという気持ちを抑えることができず、買ってしまったのです。ちょうどそのころ銀行から融資を受けていて、いらだちを抑えきれない支配人が甲高い声を上げる度にびくびくしていたというのに。十一シリング＊という、当時としては高額な値段でしたが、現在ではたいした金額ではありませんね。ランプがにっこりと喜んでくれるよう、ときどき磨かなくてはならないのですが、どういうわけか磨くのは嫌ではありません。古びた真鍮や銀の部分を磨いていると心が落ち着いてきます。ランプがひとりぼっちではかわいそうなので、年月とともに明るく輝く仲間がいくつも増えていきました。けれども、どのランプも何かを照らしたことはないのです。だって停電になったら、キャンドルの方がはるかに早く駆けつけて、あたりを照らしてくれますから。それでもランプたちは、わが家のあちこちで、往年の着飾ったレディーのようにたたずんでいます。見た目は麗しいのですが、過ぎ去りし日々のように輝くことは、もうありません。

＊ かつてアイルランドで使用されていた通貨の単位。二〇シリングで一ポンドだった。現在は他のEU諸国と同様、ユーロとセントが使用されている。

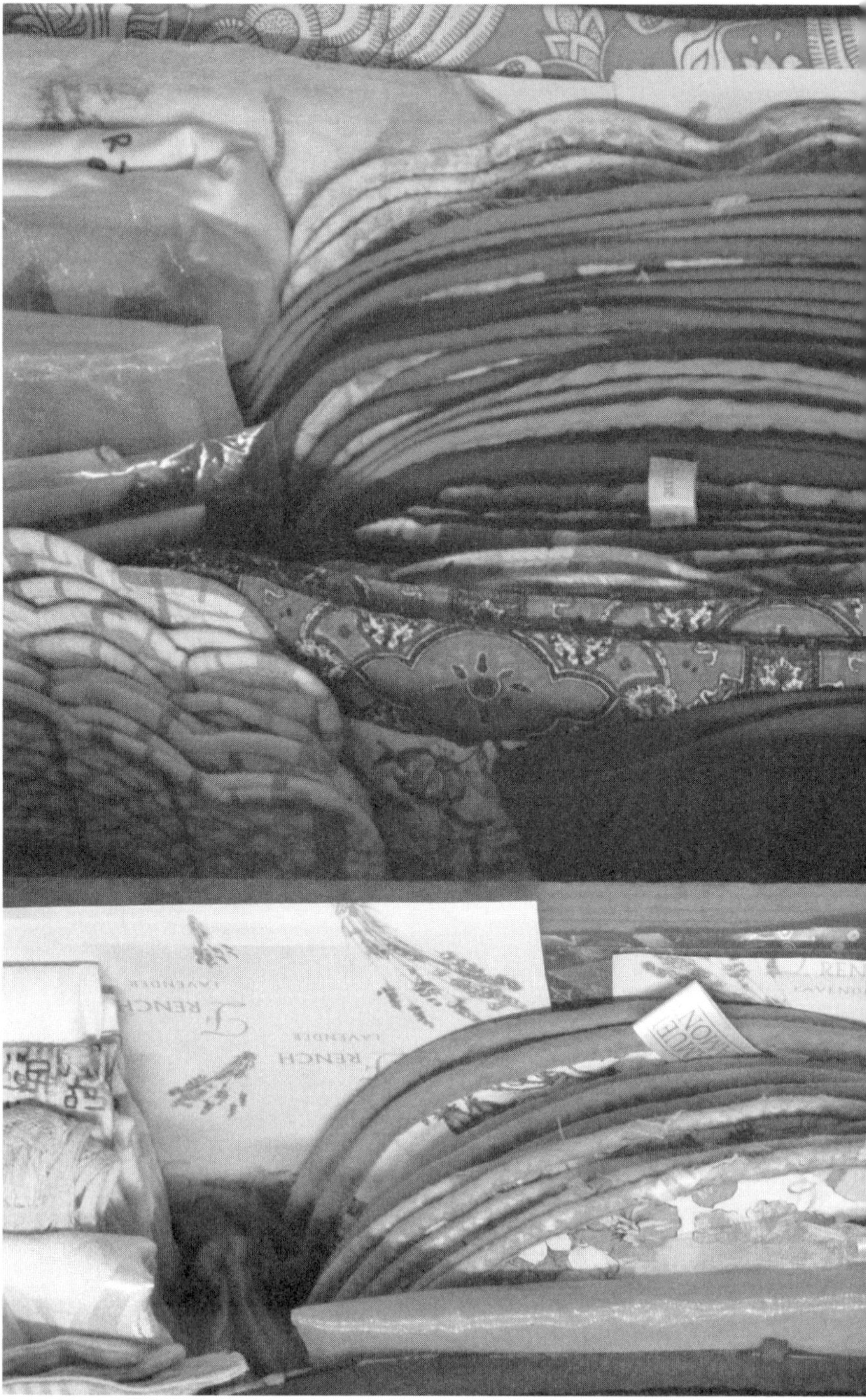

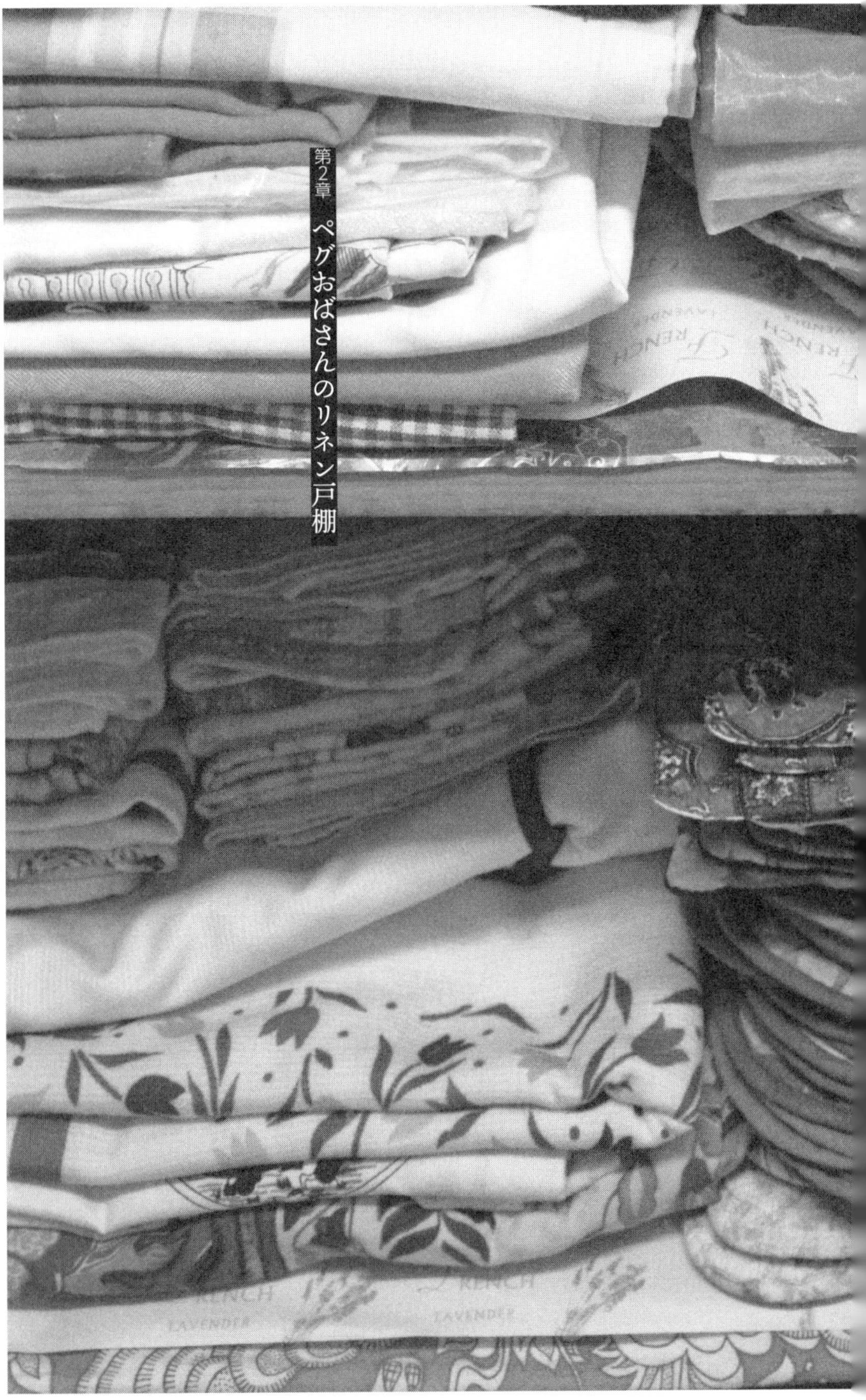

第2章 ペグおばさんのリネン戸棚

もう何年も、悩まされていました。テーブルクロスやランチョンマット、鍋つかみなど、布でできたものを取り出そうと開くたびに、中の混乱しきった状態に、恐怖を感じることさえあったのです。私の父ならばこう言ったでしょう。「まったく、ぐちゃぐちゃに乱れているな」。品の良い控えめな言葉遣いをすることなく、本当のことをズバリと口にする人でしたから。

七十年代の終わりにペグおばさんが亡くなり、私は彼女のリネン戸棚を受け継ぎました。この戸棚は、かつてペグおばさんの小さな居間のひとつに置かれていて、いつもきちんと整理された状態になっていました。少々変わっているのですが、ペグの家にはたいへん小さな居間が三つあって、全部をひとつにまとめても、まだ小さな部屋にしかならないサイズでした。自宅の裏に小部屋を次々に増築してできあがった三部屋です。そのうちの一部屋が増築されたとき、壁が厚すぎて壊すことができず、そのまま残されました。その結果、真ん中の居間には窓がなくなってしまい、しかも、この大きなリネン戸棚が空間のほとんどを占めていたのでした。もともとは「折り畳み式ベッド」だったのですが、それが、どうやって「ベッド」から「戸棚」に変身したのか、私にはまったく見当もつきません。

ペグおばさんは戸棚の中に、テーブルクロスやカーテン、ベッド用リネンなど、あらゆる布を保管していました。布製品が大好きだった彼女が長い年月をかけて集めたコレクションは、かなりの量になっていました。ノーアイロンの布製品が出回るずっと前のことでしたから、洗濯や漂白をし、糊付けしてアイロンをかけるのに、相当な時間がかかったことでしょう。昔から、私はペグのリネン戸棚が大好きでした。戸棚はいつも、石炭酸石鹸やコマドリ印の糊、庭のラベンダーの香りがしていたものです。ペグが亡くなった後、戸棚は庭を横切ってわが家の台所脇の物置に置かれました。ペグの美しい布製品を全部入れ、そこに私のコレクションを加えたので、戸棚の中は自然にまかせた状態になってしまったのでした。

それから長い年月が過ぎ、戸棚の中身はどんどん増えていきました。というのも、私は骨董市に目がないからです。骨董市に行くと、まっしぐらにリネンが売られている場所を目指し、手差しの刺繍が施された布などを、夢中になって物色してしまいます。修道院の庭で修道服に身を包んだシスターが刺繍を施していたり、立派なお屋敷でエレガントな有閑マダムが優雅に刺繍をしていたりする姿が目に浮かぶのです。針仕事が得意な女性たちは、代々受け継がれるべき美しい作品を作っていました。そんな女性たちは、もうずっと前にいなくなってしまいましたが、繊細な手縫いの品々を抽斗にいっぱい残していったのでした。そうい

うものが今では、後の世代のせわしない人々の手に渡るようになったのです。そんな品々を手に入れたら、申し分のないように手入れをしなくてはなりません。だからこそ、ペグおばさんの戸棚の中の混乱した状態を目にするたび、私は罪悪感を覚えていたのでした。もう、耐えられません。いみじくもシェイクスピアが言っているではありませんか。「もの思う心がわれわれを臆病にする」*。私は、見て見ぬふりをしていた報いを受けているのです。今日こそ、戸棚を整理します。

* ウィリアム・シェイクスピア著『ハムレット』で、ハムレットのセリフにある言葉。
（小田島雄志訳、一九八三年、白水社）

けさ目を覚ましたとき、「よし、今日こそ戸棚の整理をするわ」、脳にそう言い聞かせました。二階から下りて台所へ入り、物置へ続くステップを三段上がりました。家族のために料理をしていた頃の名残りの品がたくさん置いてあります。さて、戸棚の観音開きの戸を最大限に開き勇気をふりしぼると、ぐちゃぐちゃな状態の奥深い三段の棚に向き合いました。今にこんな状態じゃなくなるわ。すっかり変えてみせる。またもとの、整理された美しい戸棚に戻すから。

物置の戸を開けたままにしてステップを下り、台所へ戻りました。こうしておけば、朝食を取るあいだも戸棚が目に留まります。そうやって、土壇場で気が変わることのないようにするのです。食べ終わってから、テーブルの上にあったものと、食器棚の上のものを別の場所に移してスペースを作り、椅子をテーブルから離して一列に並べます。ここで誰かが訪ねてきたら、これから手術でも始まるかと思うでしょうね。でなけりゃ、私が豚を絞めるとか。リネン戸棚のいちばん上の段から布製品を両腕に抱えて下ろし、台所のテーブルの上にどんどん置いていくと、テーブルがすっかり隠れてしまいました。テーブルといっても、決して小さなものではありませんよ。その前に使っていたテーブルが壊れてしまったとき、いとこのコンが、堂々とした大きなものを作ってくれたのですから。コンの大工仕事の腕前は確かでしたし、しかも、このテーブルは台所の中で作ったのです。もし、台所の外へ持ち出すことになれば、まず解体しなくてはなりません。だから私が生きている間はここにあり続けるでしょう。うちの家族が集まって食事をしたり、書類を広げたり、急にミーティングが始まったりしたときにちょうど良いサイズです。テーブルがあればミーティングは正しく行われる、私はそう思っています。だから、手に負えない状態のリネン戸棚にも、その効果をもたらしてくれるのではないかしら、と期待するのです。

戸棚の中が空っぽになるころには、テーブルはたくさんの布の下にすっかり隠れ、椅子もすべて布で覆われ、食器棚は布の下敷きになっていました。あらかじめ心に決めていたことは、布をすべて出し切っていないうちや、出している途中で整理をしはじめることはしない、全部出してしまってから始める、ということでした。この椅子には鍋つかみを置いていくことにして、こっちの椅子にはティーコージー*1を重ねていって、あれはエプロンをぜんぶ置く椅子。それからテーブルランナー用の椅子に、ランチョンマット用、ナプキンを置いていく椅子。ああここで、椅子が足りなくなっちゃった。そのとき、電話が鳴りました。ちょうどいいわ、休憩にしよう。

＊1　紅茶を冷まさないようにティーポットにかぶせる布製の保温カバー。
＊2　食卓を横断させるように細長くかけて飾る布。

食器棚の上に置いた布たちを押しのけてスペースを作り、椅子からあふれたランチョンマットを置かなくてはなりません。「一人暮らしなのに、ランチョンマットがこんなに必要かしら?」自問自答してみます。これほどたくさんあるとは、思いもよりませんでした。長年の間にどんどん増えてしまい、戸棚の中に埋もれていたのです。普段使いにはもったいないティータオル*も何枚か出てきました。いずれ時間ができたら、そんなタオルの美しい柄を油絵でキャンバスに描いてみようと思って買ったのです。本当に素敵なタオルですが、あの台所用品のデザイナーショップには、もう二度と行かないことにします。安全に使用できないと思われる鍋つかみがいくつもありました。焦げた部分があるティーコージーも出てきました。これは大好きな人が編んでくれたので大切に保管していたのです。ああ、もうとうに、集めるのは「ここで終了」というレベルに到達しているわ。

＊　大判のキッチンクロス。食器を拭いたり、テーブルクロスにしたり、冷めないようにティーポットを包んだり、様々な用途に用いられる。

椅子の上のものをやっと整理し終わり、テーブルの上にとりかかりました。さて、どこから始めたものかしら。「はじめのはじめからよ」[*1]とジュリー・アンドリュースもアドバイスしてくれています。最初が肝心なのだ、と。そこで、いちばん初めに手に入れたテーブルクロスを布の山から引っ張り出して、テーブルの上の整理を開始しました。急に思い出がよみがえってきました。結婚した年のことです。ペグおばさんの、長らく音信不通だったふたりのいとこが、アメリカから訪れることになりました。「うちの甥っ子と結婚して隣家にやってきた元気のいいあの娘は、いろいろと自信満々だから、アメリカのいとこたちを楽しくもてなしてくれるだろうね」ペグはそう考えました。そして、ふたりを私の家に滞在させたのです。当時の私には、ふたりは、大変なお年寄りに見えました。でも、今の私より何歳も若かったのです。人の年齢って、自分の年と比較して考えてしまうものですね。私はふたりと仲良くなりました。そして、ふたりはアメリカへ帰国すると、お客さんを招いて豪華な食事をするときに使う、大きなテーブルクロスと揃いのナプキンを送ってくれたのです。とても嬉しかったことを覚えています。結婚して家事をしはじめたばかりの頃、テーブルクロスは、洗礼式や初聖体拝領[*2]のお祝いや誕生日パーティの食卓を美しく飾ってくれたものでした。質の良いテーブルクロスを使うということは、それが特別な機会であるという証しなのです。子どもの頃を過ごした実家の農場では、客間の大きなテーブルに真っ白なリネンのテーブルクロスが広げられると、何かのお祝い事をしたり、お客さまをもてなしたりするのだとすぐにわかりました。楽しいイベントがあることを、テーブルクロスが知らせてくれるのです。私は今でも、品質の良いテーブルクロスやナプキンが大好きです。それにしても、ペグおばさんの戸棚を整理してみて、正常な収集範囲の限界をとっくに超えていたことに、ようやく気づいたのでした。

＊1　ミュージカル映画『サウンド・オブ・ミュージック』（一九六五年）でジュリー・アンドリュースが歌うドレミの歌の歌詞にある言葉。
＊2　洗礼式は、キリスト教で信者となるための礼典。初聖体拝領は、カトリック教会で幼児洗礼の数年後に初めて聖体を受ける儀式。

そのとき通用口のドアが開き、隣人がひょっこりと顔をのぞかせました。「慈善バザーでもやろうってのかい？」そう尋ねてきました。「あら、手伝ってくれる？」私が声をかけると、その人はすっといなくなりました。

テーブルじゅうに同じサイズごとの布の山が、まるで高層ビルのように積み重なっていきます。そうやって、無造作に置いた布の中から揃いのナプキンを引っ張り出して重ねていきました。このナプキンセットはもう長いこと使っていませんが、ペグから受け継いだものです。丁寧に扱ってあげなくてはなりません。トロントで姉と一緒に買った、クリスマス用の上等なナプキンもあります。一枚一枚にサンタクロースのトナカイの名前が刺繍されています。毎年クリスマスに使っていますが、真新しいものが数枚、美しい箱の中に残っているのを見つけました。ところが、使って洗濯をしておいた揃いのものをその箱の中に入れようとしたら、入らないのです。そのとき、シスター・イタの教えが心に浮かびました。ずいぶん昔、デュリシェーン修道院で私たちに洗濯の技術を授けてくれた人です。「リネンのナプキンは三つ折りにしてからアイロンをかけます」と、やり方を見せてくれたのです。そこで、教えられたとおりにしてみました。するとナプキンは、箱の中にきちんと納まったのです。やっぱり、シスターは正しかったのです。箱に入れたナプキンの名前を確認すると、トナカイのルドルフが行方不明になっていることに気づきました。そういえば、去年のクリスマスのディナーのときも姿が見えなかったわ。布の山を掘り起こすように探しましたが、ルドルフはどこにもいません。乾燥用戸棚*の中に紛れ込んでいるに違いないわ。次のクリスマスまでには見つけ出して仲間の中に戻してあげましょう。また電話が鳴り、今度は長話になりました。だけどひと休みできて良かった。

＊ 作り付けの戸棚。近くに暖房用の配管などが通っており、中が暖かい。洗濯したものを物干しロープに掛けて干したあと、完全に乾燥させるためここに入れる。著者の家はかつてゲストハウスだったため、家族やお客が使用できるように作り付けていたと考えられる。

作業に戻りましょう。これで風水の本を愛読しているっていうんだから、自分でも信じられません。風水って片付けの技を教えてくれるものなのに。それでも、ちょっとしたコツは学びました。ひとつは、片付けをするときは手元に入れ物を用意する、というものです。取り出した場所に戻してはいけない物を入れていくための箱が必要なのです。この教えをまちがいなく実行に移すため、テーブルの脇に大きな箱を置きました。この中に、ホスピスに寄付するものを入れていきます。そのための収集場所が、村はずれにあるのです。「いつか役に立つかもしれない」という考え方はやめて、「疑わしい場合は、手放す」方針で進めるよう努力しました。整理が終わる頃には、ホスピス用の箱はほぼ一杯になりましたが、それでもまだ、どのセットにも納まらない半端なものがいろいろ残っていました。片付けの最中にやる気をなくすのは、こんな問題に直面したときです。だから、心の中にけちなスクルージ*が現れないうちに、すべてまとめてどさっと箱に入れました。

＊ チャールズ・ディケンズ著『クリスマスキャロル』の主人公。守銭奴だが、後に改心する。ここでは、けち臭い考えで半端な布類をまたしまい込んでしまうことを心配している。

さあそれじゃあ、戸棚の中にすべてを戻し始めましょう。空になった戸棚をきれいに拭いてから、ラベンダーの香りがする高価なシートを敷きました。布をあっちに置いたりこっちに置いたりを繰り返して、いちばんいい位置を探ります。クリスマス用の布を置く場所、ガーデニングに使う布のコーナー、高級な布置き場はこっちで、アイロンがけのいらない布はこのセクション。それに、ずいぶん枚数が少なくなったランチョンマットもあります。ティ

ーコージーだって、だいぶ少なくなりました。戸棚に布が詰められていくと、まるで修道女の戸棚のようにすっきりしたではありませんか。頭の上に後光が差しているように、最高の気分になりました。

戸棚の整理って、心にも体にも良いものです。風水のエキスパートも言っていますよ。「家を片づければ、心の中も片づく」。手始めに、抽斗ひとつでいいので、中を徹底的に整理してみてください。すると、他の場所もやりたくなりますから。嫌なことがあったり、雨が降って憂鬱になったりする日は、戸棚の整理をして心を癒す、母はそう考えていました。風水などまったく知らなかったはずですが、賢い母は自分で悟ったのでしょう。

戸棚の整理をすると、もうひとついいことがありますが、これはどの風水の本にも書かれていません。実は、大腸の大掃除ができるのです。足や腰を何度も曲げ伸ばしするため、大腸の中の物を動かして外へ出すのによく効きます。整理が終わる頃には、心の中がきちんと整頓され、大腸の中も空っぽになり、その上、戸棚まできれいになっているというわけです。整然とした戸棚を眺めていると、大きな満足感に包まれました。もう二度と、あのぐちゃぐちゃな状態には戻さないわ、そう心に決めました。だけどおそらく、いずれもと通りになってしまうのではないかしら……

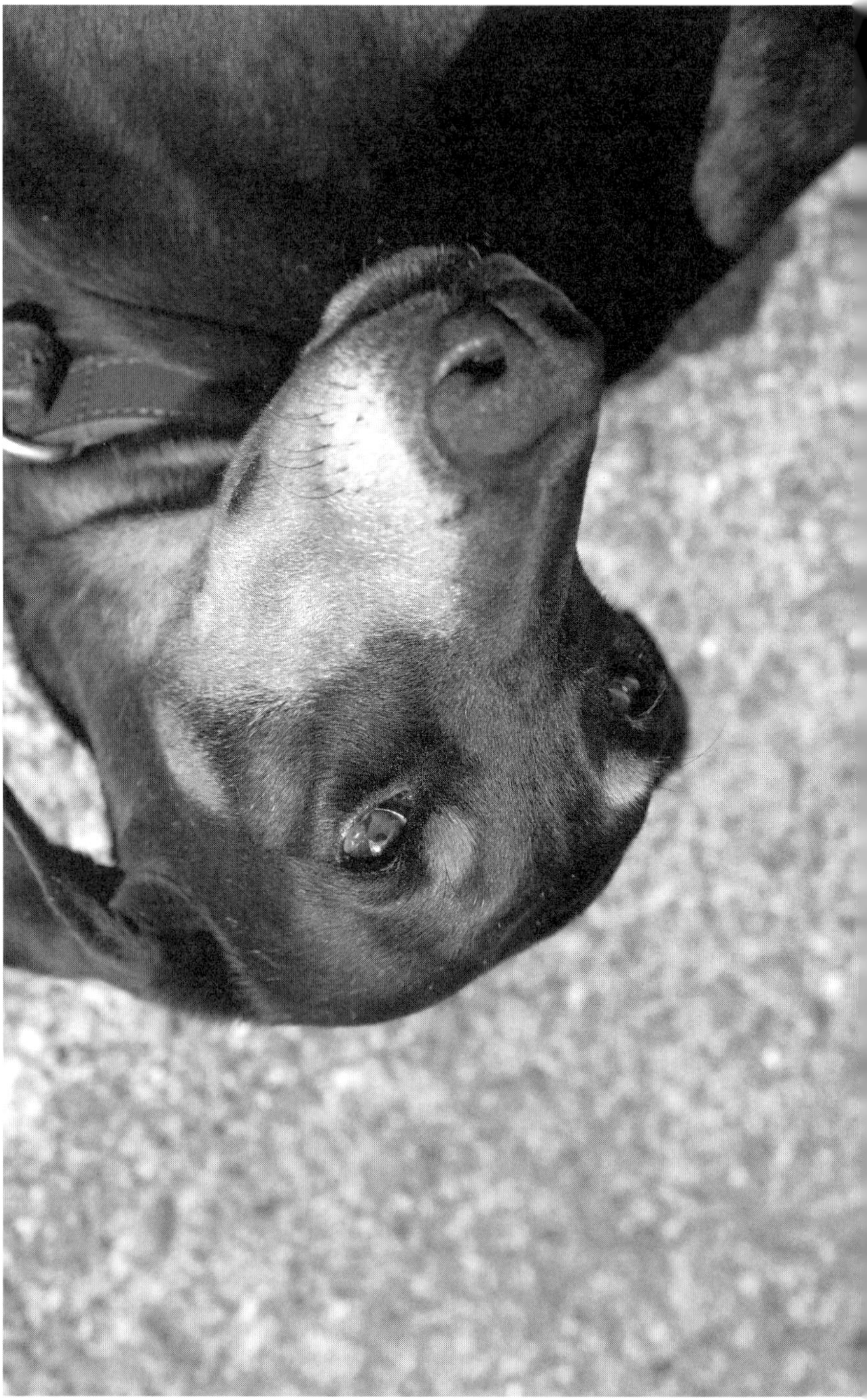

第3章 さようなら、ケイトとロリー

私たちがケイトを埋葬した日は、どんよりとした曇り空で憂鬱な気分になる一日でした。イニシャノンの上空に、ぐっしょり濡れたねずみ色のシーツが覆いかぶさったように思えました。パディは私の隣人で、良い友人でもあります。丘の上にある彼の庭へ石段を上がって入っていくと、ケイトを埋めるための穴がすでに掘ってありました。まとわりつくような霧雨があらゆるものを包み込み、地面を掘り起こしたばかりの茶色い盛り土の上に、張り出した木の枝から雨粒が滑るようにしたたり落ちています。それでも、深く小さく、しっかりと掘られた穴を見ていると、どういうわけか気分が安らぎました。ケイトはここで永遠に眠るのです。ファーナゴウの、村を見渡す丘の赤い大地へ入っていくことが、ケイトの最後の旅となります。

パディと私は庭を横切って穀物倉庫へ向かいました。前の晩、動物病院から戻ってきたケイトをそこに横たえてあるのです。倉庫の戸を開けると、挽いたばかりの穀物の芳潤な香りが私たちを包み込みました。パディがタータンチェックの毛布に包まれたケイトを抱え、庭を横切って石段を上がっていきます。前日の夜、獣医のギャビンが包んでくれたのです。私は、ケリーウーレンミルズ*の古びた大きな毛布を腕にかけていました。在りし日には犬が大好きだった、ペグおばさんのものです。

＊　一七六〇年に創業し、アイルランド南西部のケリーに工場を構える、老舗の毛織物製品のメーカー。

私たちはケイトをペグの毛布に移し、しっかりと包み込みました。死んでから、体が少し大きくなったように思えます。生きていたときは、あんなに柔らかくしなやかだった長い足は、まっすぐに突っ張ったままになっていました。その足を優しく身体に添わせてから、毛布で包み込んだのでした。パディが小さな深い穴の中にそっとケイトを下ろし、柔らかな茶色い土をシャベルですくってケイトにかけました。ペグおばさんの毛布はしだいに土に隠れて見えなくなり、大地がもう一枚の毛布となってかぶさりました。そして、土が周りの青い芝生と同じ高さになりました。ケイトは、生涯の相棒だったロリーの隣に落ち着いたのでした。ロリーは数か月前に、同じナナカマドの木の下に埋められていました。

十年前、ケイトとロリーは私の人生に飛び込んできました。若くて元気いっぱいで、生きる歓びにあふれていました。二匹とも大きくて真っ黒で、息をのむほど美しい犬でした。その立ち姿を見ただけで、血統が良いとわかります。ロリーは、エレガントな頭がすっと立っていて、足は筋肉質で長く伸び、オジロジカのような体つきです。ケイトには、ドーベルマンにときどきあるようなこぶがありましたが、それでも、血統の良さが外見に現れています。二匹とも、貴族の血が体中を流れている正真正銘のレディーで、それを証明する血統書もありました。

そのころ私は、家族のひとりを亡くしたばかりで、身も心もボロボロになっていて、やっとの思いで悲しみの旅路をたどっていたのでした。崩れてしまった世界をなんとかして建て直そうと必死になっていました。まるで傷ついた私を守るように、ケイトとロリーはたちまちわが家と庭を取り仕切るようになりました。日中に庭をパトロールしたので、やがてわが家の敷地内には猫もネズミも寄り付かなくなりました。日が暮れると台所に退いて、アガ社製レンジ*の前に置いた犬用バスケットの中に身を横たえます。もう寝る時間だと初めて言い聞かせたとき、二匹は裏口から外へ出て行きました。自分たちのなわばりに、招かれざる客が入り込んでいないかどうか調べて回ったのでした。

＊ コンロ、オーブン、スチーマーなどの機能を持ち合わせた大型のレンジ。上部をコンロとして使いながら、内部では蒸し料理や焼き料理が同時にできる。ボイラーの役目も担っており、台所や洗面所の水道の水を温めることができる。

ロリーは庭から戻ると階段を上り、私の寝室のドアの外側に夜を過ごす場所を見つけて落ち着きました。一方ケイトは、二階の廊下を調べて回ったあと、通りに面した寝室の窓から村の目抜き通りに視線を走らせてから、その下に陣取りました。数時間すると、ケイトが階段を下りていく音が聞こえ、台所のアガ社製レンジの前の寝床に入ったようでした。きっと、二階のなわばりは十分見回りをしたから大丈夫、そう満足したのでしょう。二階はロリーに任せて、自分は階下のなわばりに戻ったのだと思います。ケイトの方が年上で、親分なのでした。

それから数か月の間に、二匹は図らずも悲しみに対処するいちばん良い方法を私に教えてくれました。ドーベルマンはグレイハウンドの遺伝子を持っているため、常に動き回り、走ります。猛スピードで走ることを純粋に楽しんでいるのです。そんなことで、わが家のきれいな芝生は、まもなく畑を耕したようになってしまいました。思い切って、庭を作り直さなくてはなりません。芝生はなくした方がいいでしょう。芝生を掘り起こしてはずし、そのかわりに、カーブを描くように花壇を配置して、曲がりくねった小道を作ればいいのです。大きくて活力にあふれた二匹の犬が猛烈な勢いで走り回っても、何も破壊されないようにしなくてはなりません。

こうして、庭の掘り起こしが始まりました。作業を進めるあいだ、土を掘り起こしていると心が癒されることに気づきました。数か月の間に、二匹と私は、庭をすっかり別のものにしてしまいました。掘り続けて芝生が消えていくにつれて、私の気持ちは落ち着き、心は元気を取り戻していきました。それまで狭い場所でじっとしていた植物たちが、今は自由を手に入れてのびのびと身体を広げています。ケイトとロリーの通り道に砂利を敷き詰めたら、迷路のように入り組んだ小道ができあがりました。思いがけないところであちこちに曲がりくねって、以前の庭よりずっとおもしろい庭になりました。なんといっても、犬が設計した庭ですからね。庭に置く家具は、どっしりと重いものにしなくてはなりません。でなければ、犬が走り回ってひっくり返してしまいます。ある日ケイトと私が、うちの傾斜した長い庭の、てっぺんの隅にいたときのことです。庭のいちばん下にいる何かが、ケイトの注意を惹いたようでした。ケイトは空中を滑るように進み、低木を素早く飛び越える鹿のように、行く手に立ちはだかるものを飛び越えていったのです。そのとき私は、ケイトが力にあふれた犬だということを思い知ったのでした。ケイトはその力をロリーに対して振るうことがあり、ケイトの態度が目に余ると、私がキッチンブラシを振りかざして止めに入らなくてはなりませんでした。ケイトの名誉のために言っておきますが、私に歯向かってくることはありませんでした。私が命ずれば、うなり声を上げることもなく、いつも必ず引き下がりました。

年に一度、ワクチン接種を受けさせるため動物病院へ行くとき、農夫のパディがライトバンでやってきて、二匹はバンに飛び乗ります。ケイトもロリーもパディが大好きでした。パディがよく言っていたものです。「もし生まれ変わることができるなら、ケイトとロリーになりたいよ。素晴らしく幸せな暮らしをしているからな」。動物病院には飼い主用の張り紙があって、「猫はケージに入れて、犬はリードにつないで連れてきてください」と記されており、私を安心させてくれます。そうしなければ、待合室が殺戮現場と化してしまうのではないかと心配だからです。ケイトとロリーは、猫も小さな犬も好きではないため、いつもは丈夫な綱につないでしっかりと抑えていなくてはなりませんでした。ところが、ここに来ると、待合室の他の動物たちには注意を払う価値などないとでもいうように見向きもしないので、私はホッとしたものです。獣医のギャビンが手術室のドアを開けると、二匹はまるで退役軍人のように堂々とその聖域に入っていき、老兵のごとく注射を受けたのでした。ギャビンがいつも感心したものです。「こわい顔をしているわりには、おとなしいんだね」

長年の間ケイトとロリーは、うちの家族の大切な一員となり、みんなに愛されました。家族に注目され可愛がられると大変喜び、一族の集まりには必ず参加していました。クリスマスパーティには、大きな赤いリボンのついた真っ赤な首輪をつけて誇らしげでした。冬が来て、「静寂の間」（うちでは居間をこう呼んでいます）の暖炉に火を入れると、台所のアガ社製レンジ前のバスケットをさっさと離れ、暖炉の前に横たわりました。二匹が横になって足を伸ばすと床いっぱいに広がりますから、私たちは足元に気をつけて、二匹をまたいで通ったり、遠回りしたりしていました。

間もなく家族にあることが起こり、ケイトとロリーが試されることになりました。私の孫が生まれて一族に加わったのです。その両親が、わが家のすぐ近くに新居を建てることになり、完成を待つ間、一家でケイトとロリーのなわばりに滞在することになりました。二匹がどう反応するか、私たちは興味津々でした。しかしケイトとロリーは少し興味を持ったようですが、それだけでした。もっとも、幼いエリーが立ち上がり、二匹の近くをよちよち歩くようになると、はじめのうちは戸惑って少々落ち着かない様子でした。それが、しだいにエリーを受け入れるようになっていったのです。エリーがしっかりとした足取りで歩くようになるにつれ、二匹とエリーとの間には温かな絆ができあがり、室内で共に過ごすことができるようになりました。ついには一緒に庭に出ることもできるようになったのです。エリーは、急に駆け出したケイトにはねとばされないように、身を引いて立つことを覚えました。エリーが最初に覚えた言葉のひとつが「あばれんぼうのケイト」でした。

エリーが好きなのはロリーの方でしたし、ロリーは私のお気に入りでもありました。優しく穏やかでおとなしい性格です。ケイトがロリーに自分の力を見せつけようとすることがあったので、私はロリーをよりかわいがるようになったのかもしれません。二〇一四年の夏のある日、突然ロリーが足を引きずるようになりました。獣医のギャビンに診てもらい、薬を処方してもらいました。一週間が過ぎても足は良くならず、レントゲン検査をしてよく調べることになりました。ギャビンのただならぬ様子から、ロリーの体に何か異常があると思っていることがわかりました。

ギャビンから電話があり、良くない結果を知らされました。股関節にがん性腫瘍ができていて、骨の状態が悪くなっているというのです。そして、これからどうするかは私しだいだというのでした。「しばらく考えて。後でまた電話するから」親切にもそう言ってくれました。実のところ、選択肢などありませんでした。ドーベルマンは自由に動き回ることを楽しむ動物です。ロリーが足をひきずってよたよた歩くなど考えられないし、がんが進行しないという保証もないのです。

パディと私はロリーの亡骸を引き取りに行きました。うちの庭に連れて帰るわけにはいきません。ロリーが戻って来るのをケイトが待っているからです。私たちはロリーを、ファーナゴウにあるパディの農場へ運び、庭に植えたばかりのナナカマドの木の下に埋めました。

ロリーが帰って来ないとわかると、ケイトは悲しみに暮れました。頭を垂れて庭に突っ立ったまま、餌を食べようともしません。そして孫娘のエリーは、わが家に来るたびに「ロリー、どこ?」と尋ねます。それでもしだいに元の生活に戻っていき、みんなロリーのいない生活に慣れていきました。ケイトも立ち直りました。みんなの注目を集め、さらに可愛がられるようになって喜んでいました。

ところがケイトも、余命いくばくもない運命だったのです。ケイトが足を引きずり始めたため、私は不安にさいなまれることになりました。治療を始めると症状が良くなったので、危険な状態を脱したのだと思い込んでいました。ところがある晩、いつものように走らせようと庭に出すと、猫を見つけ、猛スピードで走っていきました。しばらくしてケイトを家に入れようと行ってみると、苦痛にもだえて地面にへたばっているではありませんか。ケイトは、一晩中痛がってひどく苦しみました。そして翌日、ギャビンの病院へ連れていき、レントゲン検査をしてもらいました。すると、骨が完全に折れていたのです。年をとって骨の状態が悪くなっているため、回復するのは無理だとわかりました。そして、私はまた同じ決断をせざるをえなかったのです。

ケイトとロリーの二匹は、村を見渡すことのできる丘の上、ナナカマドの木の下で安らかに眠っています。十年のあいだ、二匹は私たち家族の暮らしに活力と愛情と喜びをもたらしてくれました。そのことをとてもありがたく思っています。

いずれまた別の犬を飼ってみたいので、いろいろ見て回ろうと思っています。私にとっても、うちに来る犬たちにとっても、大きな挑戦です。私の心にぽっかりあいた穴を埋めるのは、そう簡単ではありませんから。

第4章　かわいそうな私

雨が降っています。この嫌な雨、いつになったら止むんだろう？　今日私は「自分を憐んで」いるのでした。たぶん、一月だからでしょう。一月は調子が出ないのです。ベッドからようやく体を起こしたのですが、雨が降っていて散歩に行く気にならないし、クリスマスの飾りを取り外すのも面倒です。クリスマス飾りは今はもう、まるで私みたいにくたくたになっています。何か文章を綴ってもいいのですが、そういう気分ではありません。じゃあ絵を描きましょうか。いや、まったくやる気にならないわ。本でも読もうかしら。それもしたくない。数時間のあいだ、濡れた毛布みたいに重い体をずるずる引きずって、家の中をうろうろしていました。「体の後ろのあそこ」を誰かに蹴飛ばして一喝してもらわなくちゃね、などと思いつつ通りに面した部屋の窓から外をのぞきます。行きかう車がワイパーを動かしていないから、どうやら雨は一休みしたようです。

裏口から外へ体を引きずり出します。何週間も雨が降り続いたので、裏庭全体が深緑のぬるぬるしたものに覆われていました。気持ちの良い光景ではありません。それでもプランターの土の表面から、ああ嬉しい、ラッパスイセンが緑の鼻先を突き出しているではありませんか。うちにはもう犬はいないので、ラッパスイセンが好奇心旺盛なケイトに掘り起こされることもありません。そんな風にいたずらされたこともありますが、ケイトとロリーがいなくなって寂しい思いをしています。犬ってね、飼い主の気分がすぐれないことにすぐに気づいて愛情をこめて慰めてくれる動物ですから。

庭のガーデンアーチの足元に植えたバラの様子を調べます。昨年の夏、物をいくつか寄せ集めてこのアーチを作りました。真っ黒で太くてカーブした金属の筒を渡し、両端を大きな鉢に刺して支えてあります。庭の前方から後方へと続くゲートにするという、壮大な計画があるのです。ジャッキーおじさんは、自分の庭に既製品のアーチを置くことなどなく、いつも自分で作っていました。自分で作る楽しみを味わうことができるのに、どうして買う必要があるのか、そう考えていたのです。倒れてしまった木や折れた枝が、庭の門やアーチに変身していたのでした。ジャッキーは木を使って物を作るのが大好きでした。それに、ジャッキーが作ったものはみんな調和して庭に溶け込んでいました。私もジャッキーのようにしたいのです。あの金属の筒がいつかバラに覆われて見えなくなるといいなと思っています。そう考えて、両端に置いた鉢につるバラを二株ずつ植えてあるのです。念のため、二株ずつ植えておきました。私はガーデニングについては、自分の腕を信用していないのです。自分で植えた草花でも本当に成長するのだとわかって、驚いてしまうくらいです。

バラの茎から、小さな芽がためらいがちに、でも確かに出ています。どうやら望みがありそうです。しかも、庭の他の場所に以前植えたつるバラは、ちゃんと咲くことを証明してくれています。昔はよく、きらびやかに咲き乱れる花々を衝動買いしたものです。後になって、そんな花がぜんぜん当てにならないことがわかるのでした。そんな失敗を重ねて、ガーデニングを学びました。今は、試してみて信用できるものだけを植えています。来年の夏、うっとりするほど美しいつるバラのアーチがここに立っている姿を思い描いています。ガーデニングの楽しみとは、未来の姿を思い描くことですよね。ガーデンアーチの将来の姿を思い浮かべていたら、ちょっと気分が良くなってきました。

庭の門のそばに立ってバードフィーダーに群がる小鳥を眺めます。あ、いやなカラスが来たわ！　カラスが庭に舞い降りるたびに追い払いますが、すると小鳥をも怖がらせてしまいます。フィーダーにプロテクターが付いていて良かった。これならカラスは食べることができないから。庭の小道を歩いていると、かぐわしい香りが気分を慰めてくれます。お気に入りの美しい沈丁花が雨に濡れているせいで葉が光っていますが、それでも、小さなピンク色の花々は、周りの空気をいい香りで満たしていました。沈丁花は、まるで荒涼たる原野に天から降りてきた食べ物のようにありがたい存在です。しかも陰気な空気の中に甘い香りを振りまいて、無駄にしているわけではありません。だって彼女の香りを深く吸い込むと、私の魂がなだめられるのですから。

とそのとき、また雨がパラパラ降ってきたので裏口へ急ぎました。外に積み重ねた薪の山の前で歩みを緩め、惚れ惚れと眺めます。冬の初めにパディが運んできてくれたものです。農場に牛の搾乳場を新たに建てるため、パディはその場所を更地にすべく、仕方なく木を伐採したのでした。十一月のある寒い日、トレイラーにいっぱい積んだ薪をうちの裏口にどさりと降ろしてくれました。なんて素敵なプレゼントなの。農業がさかんな村に住んでいると、こんなありがたいことがあります。農家の人たちって、本当に隣人として最高なのです。この薪の山のおかげで、これから先の日々を暖かく過ごすことができる、そう感じるほど心が落ち着くことはありません。ダンという若者が、薪をきちんと並べて積んでくれました。父親のパディが運んで置いていった次の日に来てくれたのです。ダンのおじいさんが木々を植え、それをお父さんがうちに運んでくれ、ダンがきれいに積み重ねてくれたというわけです。ダンが生まれたときも、赤ん坊の誕生を記念するため、一家は木を植えました。そんな風に植えられた木々は、長い間、特別なできごとがあったことを思い出させてくれます。それに、人の心を豊かにし、土地や周りの環境にも良い影響を与えます。

ぽつりぽつりと滴っていた雨が叩きつけるように激しくなったので、薪を何本か両腕に抱えて裏口から中へ入りました。「静寂の間」*へ運び、暖炉に火を入れます。つい先日、暖炉に火をつけるためのファイア・ライターを手に入れたのですが、おかげで火を起こすのが楽しくなりました。ファイア・ライターに火をつけると匂いがしますが、焚き付けの匂いと混ざり合っていい感じになるからです。泥炭や薪にすぐ火が移り、暖かく輝き始めました。私は腰を下ろして耳を傾けました。暖炉の火は、私の心にささやきかけてきます。火に話しかけられているうち、ゆっくりと心がなだめられていきました。身体の中にあった冷たいつららが溶け始めます。雨が降りしきる一月の夕べ、薪をくべた暖炉のそばに坐っていると、「かわいそうな私」の気分がしだいになぐさめられていきます。きっと明日は、いい日になるでしょう。

＊ 木の削りくずを天然ワックスで固めたもの。

第5章　元気を回復する時間

今日は、庭を覆っていた、じっとり湿った冬の衣を、熊手でかき集めて捨てました。秋色の落ち葉が花壇の上に覆いかぶさって、色とりどりの毛布になっていました。そのあと冬の霜と雨が毛布を濡らし、灰色の分厚いコートになっていたのです。コートは、自分の下に芽生えた若草を、成長を妨げようとする冬の寒さから守っていました。けれども、もう春です。覆いとなっているコートを脱がせる季節です。下で素晴らしいことが起こっているかどうか、確かめてみましょう。あらゆるものが静かに眠る冬の間も、土の中では奇跡が起こっているからです。ええもちろん、うちの庭にも奇跡が起こっていました。マツユキソウがためらいがちに芽を出し、ラッパスイセンやチューリップも褐色の大地から顔をのぞかせていたのです。若芽は勇敢にも、まばゆい新たな世界に向かおうとしています。喜んで見守っているうちに、心が温かくなりました。庭の冬の衣を脱がせている間じゅう、濃密な静けさが私の魂を満たしていました。大地で作業をしていると、なんとも言いようのない心の落ち着きを感じます。土いじりをしながら静かに思いを巡らせていると、疲れが癒され、気持ちが慰められるのです。

数時間が過ぎゆくうち、私は父を思い出していました。毎年春になると、父はうちの馬のパディ、ジェイムズと一緒に、ブレイクフィールドへ続く急な斜面を上っていきました。冬の間ゆっくりと休んでいた二頭は、元気いっぱいで落ち着きがなく、早く行きたくてたまらない様子です。父は、ずっしりと重くて丈夫な、革の鋲打ちブーツを履いていました。分厚い革の靴底を鋲と鉄の金具で補強してあるものです。ブーツは、暖かいウールのズボンの下にあるくるぶしを包み込むようにしてしっかりと紐が締められていて、ズボンのずっと上まで長く続いているように見えました。というのも、ズボンの上にかぶせるように防水機能のあるゲートルを巻いていて、ゲートルの下がちょうどブーツの上に重なっていたからです。畑を耕すと足が泥だらけになることがありますからね。

父は山の谷間の草地で、溝の中にある鋤を引き上げました。前の年に、そこに横たえておいたのです。鋤は単純なつくりの道具で、油をさしてネジをちょっと締め直しておけば、ほとんどメンテナンスの必要がありません。鋤は父と大地とをつなぐ道具で、鋤で耕すことがわが家の食卓に日々の糧をもたらすための最初の段階なのでした。

パディとジェイムズが鋤につながれ、人間と馬が力を合わせて調和を保ちつつ作業を進めます。鋤の先端が大地を掘り起こしまっすぐ進んでいくと、畑の真ん中に掘り起こした跡が残りました。褐色の土の腹が転がるように出てくると、生き生きとした緑色の春の野原との鮮やかなコントラストができあがりました。父と二頭の馬は、細長い傾斜した土地をゆっくりと登ったり降りたりしました。すると、鋤き返された茶色い土のひだ襟のような畝ができあがっていきます。父と二頭が行ったり来たりし続けるので、ひだ襟は畑じゅうに広がっていきました。バランスの良いひだになるよう、父は鋤の角度を調整しながら進んでいました。土が次々に均等に並んでいくように するためです。掘り起こされた褐色の土の上には、長いミミズが身体をくねらせ、隠れる場所はないかと探していました。鋤の後ろでは、カラスが空中から畑へ急降下しています。カラスにとって、ミミズは大変なごちそうなのです。カラスがカーカー騒ぐ声をBGMに作業は一日中続きました。ときどき聞こえてくるのは、川向こうの丘にいる牛がモーと鳴く声と、ビルおじさんのロバのいななきだけでした。

＊　著者が子どもの頃、実家の近くに住んでいた農夫で父の同級生。毎晩のように著者宅に遊びに来ていた。

　午後の遅い時間、私はほうろうの水差しに入れたお茶を抱えて父のもとへ向かいました。丘の斜面の牧場を通って、山の谷間でひと休みして周りの景色を眺めます。夕暮れが牧場を柔らかな茶色やグレーに染めていました。暮れゆく空を背景に、人と馬のシルエットが浮かび上がっています。カラスも牛もロバもみんな住みかに戻った後でした。辺りはしんと静まり返っています。私は、神聖な光景を見ているのだと感じていました。私の目の前で、神と人間と

＊　水差しの上には、バターを塗った黒パンの分厚いスライスが何枚か乗っていました。

自然がひとつに溶け合っているのでした。

私は、鋤き返したばかりの大地の、湿った芳潤な匂いを深く吸い込みながら、崩れそうな土の上を歩いていき、父と馬がいるすぐそばの畑の端に立ちました。父は私と一緒に草の上でひと休みすることにし、馬たちは鋤を外してもらうと、畑の縁に沿ってのんびりと草を食べ始めました。父は丸石に腰を下ろしました。牧場を平らにするのに使おうと脇へ除けて置いた石でした。ほうろうの水差しからじかにお茶を飲み、母が焼いた黒パンをおいしそうに食べています。そして、下に広がる影になった牧草地を眺め、何か変わったことがないかよく見ていました。それから、しだいに暮れていく空を眺めて翌日の天気を予想しました。そんなときの父は、いつもとは違うオーラに包まれているのでした。もともと頭の回転が速く、気が短い性格でしたが、何時間も外にいて畑を耕してくると、まるで瞑想する修道士のようになってしまうのです。父が別人になってしまうことに、私は大いに感動したものです。そんな姿を見ることで、私は父という人の魂をあらためて理解することができました。コークとケリーの県境では、ほとんどの家庭が経済的な余裕のない、つらく困難な生活を送っていました。父は、丘の連なるこの牧場で、苦しい生活を強いられながらも、どうにか家族を養っていたのです。けれども、そんな大変な苦労の陰に、物静かな詩人が隠れていたのでした。

父が畑を鋤き終えるのを待つ間、私は溝に沿ってぶらぶら歩きながらシャムロック[*1]を探していました。そうするように言いつけられたからです。とはいえ暗がりでは、シャムロックとクローバーを見分けるのは至難の業でした。一年のこの時期になると、父はいつも活きのよいシャムロックがないかと目を光らせていました。摘んでアメリカの親戚に送るためです。聖パトリック[*2]の絵とシャムロックのしるしが描かれた、緑色の小さな箱に入れて送りましたが、目的地に到着する頃には、長旅でくたくたになっていたことでしょう。それでもアイルランドから移住した人々にとっては、故郷を感じることのできる大切な贈り物だったのです。父も母も、海外へ移住した親戚を、決して忘れませんでした。

＊1　アイルランドの国章に使われる、三つ葉のマメ科植物。数種類ある。
＊2　三八七年ころ～四六一年。西ブリテンに生まれ、アイルランドにキリスト教を広めた司教。アイルランドの守護聖人。

とっぷりと日が暮れて作業ができなくなると、父は馬から鎖をするりとはずします。馬たちは自由になった体をブルッと震わせ、私たちと一緒に家に向かって小走りで進んでいきます。引き綱がぶらさがり、幅の広い革の首当てに当たってカチャカチャと音がしました。ブーツの上にゲートルを巻いた父の足は、膝まで泥がこびりついていたので、歩いていく後ろに土くれが点々と落ちていきます。父は谷間に来ると、背の高い草に泥をぬぐって落としました。うちに戻ると、馬の足にブラシをかけて泥を落とし、庭のいちばん下にある水口へと連れて行きます。馬たちがひと口でゴクリと飲み込む水の量があまりたくさんで、私はいつも驚いたものでした。それから厩舎へ連れて行くと、馬たちは飼い葉おけに頭を沈めます。

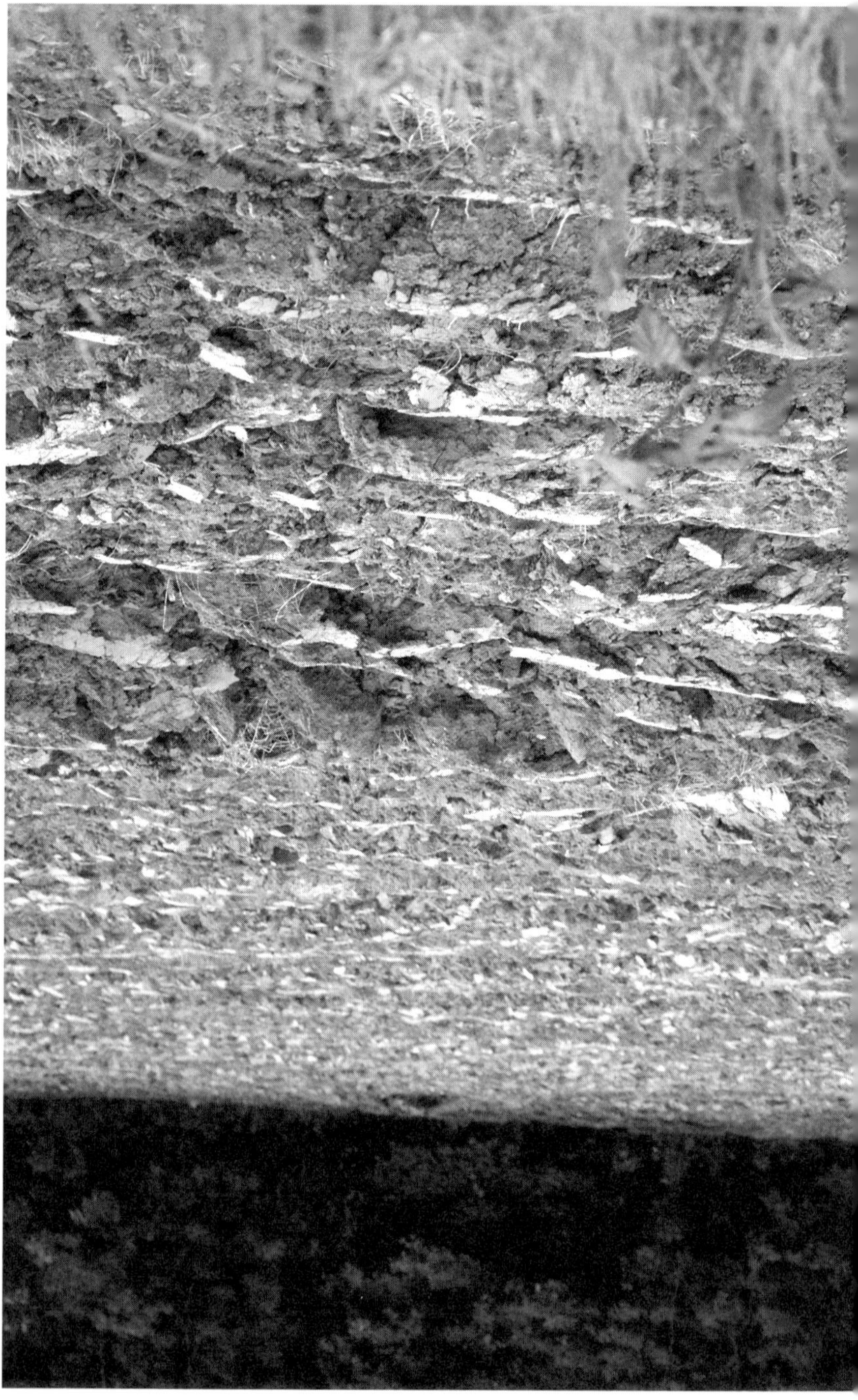

中には、飼料用ビートと甘い香りがする干し草が入っているのでした。働いた分の報酬をもらうというわけです。

数週間後、馬のパディとジェイムズ、それに父は再びブレイクフィールドを訪れました。その頃には凍っていた土も崩れ、扱いやすい状態になっているので、それを耕すためでした。爪がたくさん付いた巨大なムカデのようなまぐわ*が、土をかき回して柔らかな大地の海にしました。

＊ 牛や馬に引かせ、鋤き起こした畑をかきならすために使う農具。

父は暖かい春の日を待ち、その時が来ると、種まき機を出してきて使い始めます。一年のほとんどの間、ちょっと複雑なつくりのこの機械は、埃っぽい納屋の中で風雨から守られ、蜘蛛の巣をかぶっています。それが、本領を発揮するときがきたのです。この機械は、深さはおよそ二フィート（およそ六十一センチ）、長さはうつ伏せの男性ほどの六フィート（およそ百八十三センチ）の細長い木箱です。蝶つがいの付いた蓋を持ち上げると、底に小さな穴が一列に並んでいます。種がその穴から可動式のじょうごに入り、細い管を通って土の中にまかれるのです。前面に長柄が一本付いていて、その両側に馬が一頭ずつ繋がれていました。二頭は、準備が整った畑まで種まき機を引いていきます。父はあらかじめ小麦とオート麦と大麦を別々の袋に入れて置いておきました。そして種まき機の蓋を持ち上げて袋の中身をざっと空け、馬たちを慎重に導いて畑を行ったり来たりしていました。父は種まき機の後ろからついて歩き、小さなレバーを操作して、穀物の種が柔らかな大地の中へ流し込まれるスピードを調整しました。夕方までにはブレイクフィールド全体が穀物の種を宿していました。そのあと父が溝の中からローラーを運び出してきて、今度はパディだけが仕事に戻りました。一頭でする作業だからです。ローラー《ローリングストーン》の長さはミック・ジャガー*の身長ほどで、畑全体が平らになるまでこのローラーを引いていきました。カラスが土の中の種を食べてしまわないように、畑のあちこちに案山子を立てることもありました。まあそんなことをしても、カラスが思いとどまることはほとんどなかったのですが。

* 一九四三年生まれ。イギリスのロックバンド、ローリング・ストーンズのボーカル。ローリングストーン（ローラー）とバンド名を引っ掛けたジョーク。

人と馬は仕事を終えました。後のことは神と自然にゆだねるのです。

ああ　耕された褐色の大地
いにしえの技が
おまえを掘り起こす

何世代にもわたり土臭い男たちに
受け継がれてきた技

おまえは丘の斜面を覆う
褐色のベルベットのマントのよう

なんと豊かなのか

おまえは真っさらな
開かれた本のよう

耕されたおまえは
穢れのない姿で待っている
人間の手で受胎させられるのを
自然のぬくもりで育まれるのを

二、三週間したら、奇跡のように緑色の芽が出てきて広大な畑全体に広がり始めます。発芽したあと、その上をローラーで軽く整えておくと、カラスに食べられにくくなります。色合いが異なる数種類の穀物がゆっくりと育っていき、ブレイクフィールドはパッチワークのキルトのようになっていきました。穀物の向こう側には、ジャガイモやキャベツ、カブ、飼料用ビートが細長い筋のように植えられていました。木の分厚い板の上に肥やしを置いて、パディとジェイムズに畑まで引かせ、それをまいて苗床を作ったのでした。私たち子どもは麻袋を膝当てのように巻き付けて、苗床に種を植えるのを手伝いました。これから一年の間、ブレイクフィールドがうちの食糧庫になってくれるでしょう。

できた小麦は粉ひき場へ運ばれ、挽かれて小麦粉になり、毎日食べるパンに変わります。オート麦は砕いて家畜の餌にし、大麦は醸造所へ売られて強いビールになります。ジャガイモとカブとキャベツは、いろいろな工程をたどってうちの食卓に上がることになり、飼料用ビートは馬たちを養ってくれます。春の祈願節の三日間は神に豊作をお願いする日ですが、父と母はブレイクフィールドに出て大地に聖水を撒きました。

あれから長い歳月が過ぎた今、私は大地の小さな片隅で庭の手入れをしながら、父に感謝を捧げていました。あの頃、土を鋤き起こしていた父は、畑で神と出会い、心の静けさを見出していたのでした。私はその姿を垣間見ることができたのです。私の知らない世界への扉を開いてくれた父には、いつまでも感謝し続けることになるでしょう。

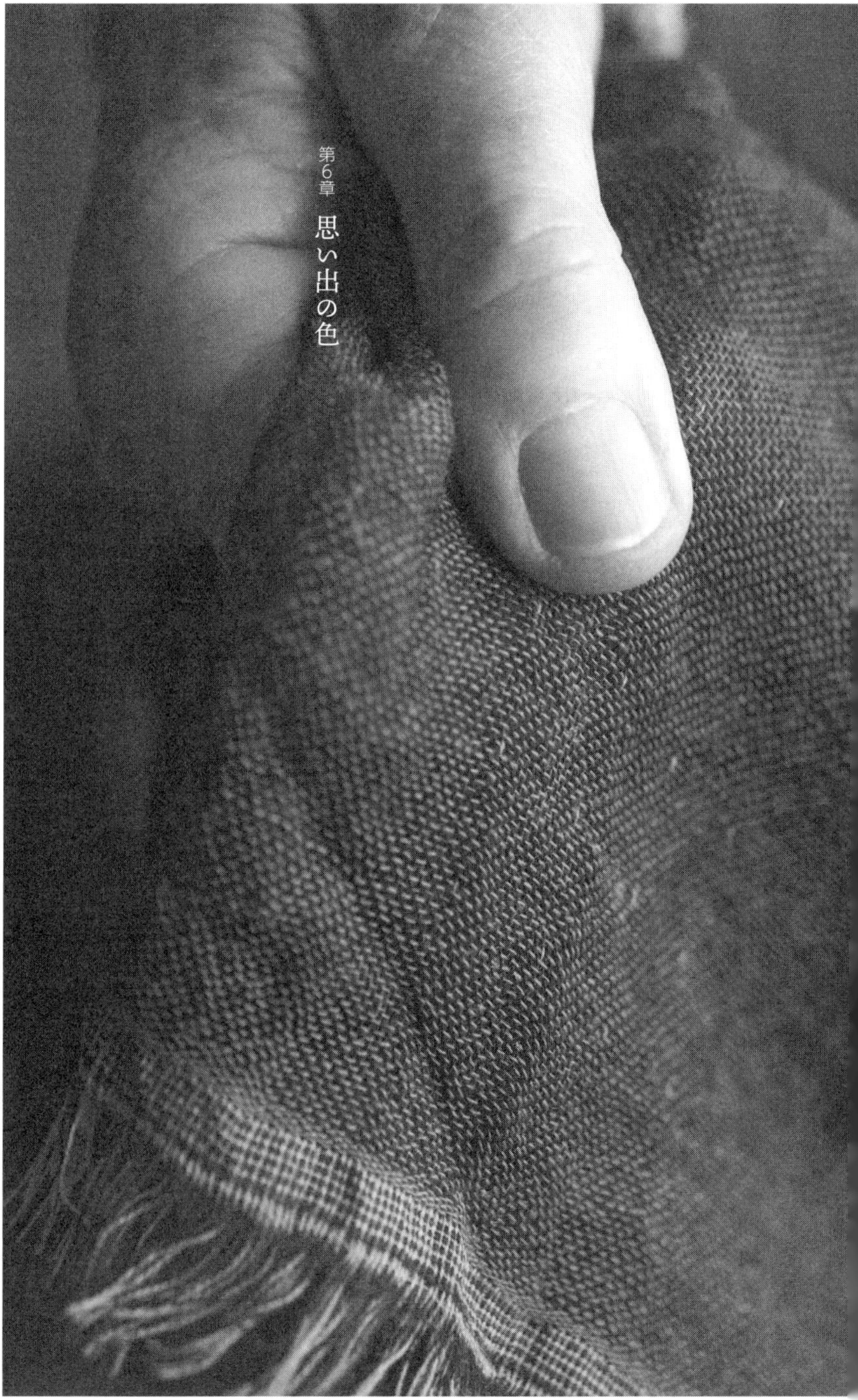

第6章 思い出の色

その高級ブティックのドアから入ったとたん、あるものに惹きつけられました。サンザシの実のような深紅を琥珀色で縁取りしてあり、その中に、秋色の葉をつけた枝のような褐色があしらってあります。私は磁石に吸い寄せられたようになりました。まさに一目惚れでした。その瞬間、私は川沿いの牧草地へと引き戻されていました。赤茶色のサンザシの垣根に囲まれた牧草地です。垣根は深い紅色の実をたわわに付けていて、みんな摘むのにちょうどよいくらいに熟しています。その色が十分に熟していることを告げていて、赤茶色の枝から簡単にもぎ取ることができるのです。父はまず、いかにも農夫らしい褐色の手の中でサンザシの実をころがしてみて、食べられるぞ、と教えてくれます。子どもの頃のそういう場面が、知らないうちに心の片隅の抽斗にしっかりとしまいこまれていたのでしょう。深紅のスカーフを見たとたん、抽斗が大きく開き、あのときの光景が躍り出てきたのです。牧草地と父とサンザシの実が、私の目に浮かんだのでした。深い紅色のスカーフがサンザシの実を店中にまき散らし、私を温かく歓迎してくれているようでした。

もともとジャケットを買うために店を訪れたのですが、スカーフを目にしたとたん、ジャケットのことなど、きれいさっぱり忘れてしまいました。感動に体を震わせながら近づいていき、柔らかい羽毛のようなスカーフに、恐る恐る指をすべらせてみます。まるで、湿地一面を覆うように咲くヒースの上をふわふわと漂うワタスゲのようで、夢とはこういうものでできているのね、という感触でした。このスカーフは、私のものになる運命なのだわ。ところが値札を確認して、少々、というよりむしろ、大きく息をのんでしまいました。そうはいっても、夢に値段などつけられるでしょうか。このスカーフは、心温まる昔の記憶であり、現在の喜びであり、そしてまた、未来を豊かにしてくれるのですから。お金に換算することなどできません。そうでしょう?

と腹をくくると、ジャケットに注意を向けました。ショッピングに出かけて信じられない幸運に恵まれることがありますが、まさにそのとき、スカーフにぴったり似合うジャケットがハンガーに掛かっていたのです。ああ、今日はなんて運がいいの。目の前に開けた好ましい状況が、刻々と輝きを増していくようです。けれどもジャケットの下に着るためのブラウスかトップスも必要でした。残念なことに、そのおしゃれなブティックにはちょうど良いものがなく、村にある他のどの店にもありませんでした。街に買い物に出かけなくては。

私は買ったものを手に、意気揚々と家に帰りました。ところで、女性なら誰しも心得ていることですが、派手に買い物をしても、自宅に戻って鏡に映してみるまでは、百パーセント成功したとはいえませんよね。スカーフについては何の心配もしていませんでしたが、ジャケットは本拠地で試してみなくてはなりません。身に着けてみると大成功でした。ジャケットはスカーフを際立たせてくれたのです。

買い物で大金を使ってしまったため、数日間外出しませんでした。そのあいだ愛すべき新しいスカーフの美しい生地を手でなで、気持ちを豊かにしてくれる色にうっとりと見とれ、スカーフの魅力を十分に堪能しました。私の母は美しい素材が大好きでした。母が上等な生地の手触りや織りの具合に夢中になっている姿を見て、私まで嬉しくなったものです。きっと母も、このスカーフを気に入ってくれたでしょう。ただ、値段を聞いたら心臓発作を起こしたかもしれません。それでも、一枚のスカーフで父と母のふたりを偲ぶことができるなんて、この上なく素敵なことです。

スカーフを買って四日目、日差しが明るいある朝早く、私はバスでコーク市に向かいました。私のスカーフにとっては、初めてのお出かけです。新しいジャケットに合わせるトップスを買うため、色合わせの目安にしようとスカーフを身に着けて行ったのでした。気の利いたお店やら趣味の良くないお店、どちらともいえないお店などたくさん見て回りましたが、スカーフに合う色の服は見つかりません。ついに判断力が麻痺してしまいました。エネルギーを補充しなくてはなりません。繁華街にあるレストランに入って休憩し、心の平静を取り戻すことにしました。そこは美食家が集う店で、私は思う存分食事を楽しむことにしました。

だって、心の中では野の花が咲き乱れる牧草地にいて、輝くようなヒナゲシと真っ赤なサンザシの実に囲まれ、軽やかにステップを踏んでいたのですから。ゆっくりと時間をとって幸せを味わいたい気分だったのです。だから、お気に入りの静かなレストランで、コレステロールたっぷりのごちそうを味わったのでした。本当によく食べましたが、あまり賢い食べ方ではなかったようでした。五感をすべて満足させようと夢中になっているうちに、ジャケットを着ているのが煩わしくなってきて、脱いでから首の周りのスカーフを結びなおしました。そして食事を終えると、ジャケットを着て店を後にしたのです。

歩き出してすぐ、スカーフを身に着けていないことに気づきました。なんと恐ろしいことでしょう。ジャケットを着たときに滑り落ちたに違いありません。スカーフがないことにすぐ気づいて良かったわ、と思いつつ急いでレストランに引き返しました。てっきりテーブルの上に残されているか、床に落ちていると思ったのですが、どこにもありません。不安に駆られて店内を見渡しました。ほとんど時間がたっていないというのに、どこへ行ってしまったのでしょう。隣のテーブルで食事をしている数人が、私のいたテーブルに背を向け、会話に夢中になっていました。

とそのとき、思いつきました。ああそうか。ウェイトレスが拾ってデスク脇の安全な場所で預かってくれているのね。私が戻ってくるのを待っているはず。そう考えて落ち着きを取り戻し、給仕をしてくれたウェイトレスを探しました。あの人なら、この問題を解決してくれるに違いないわ。するとウェイトレスは、一体なんのこと、という表情で私を見つめて言いました。スカーフを身に着けていらっしゃったのは確かですか。この反応に私は面食らってしまいました。彼女は、私がスカーフを身に着けていたことにさえ気づかなかったというのです。そして次に、こう尋ねてきたのです。外で落とされたのではありませんか。そう告げられ、これ以上何を言っても無駄だと気づきました。念のため名前と電話番号を知らせてその場を去りました。もしかしたら、スカーフが見つかるかもしれません。まあ望みは薄いとは思いましたが。

明るく楽しい一日が、突然灰色になってしまいました。輝いていたヒナゲシはしおれ、丸々とした真っ赤なサンザシの実はしぼんでいます。にぎやかな街の通りに、もはやぬくもりも魅力も感じなくなっていました。うちに帰らなくては。自宅に戻って心の安らぎを取り戻さなくてはなりません。レストランから出たとき、大切なスカーフは確かに店内にあったのです。だからきっと、誰かが拾って失敬したのでしょう。よくあることだとはわかっていますが、自分の身にそんなことが起こると、人の善意というものに対する信頼が崩れ去ってしまいます。

もうそれ以上買い物を続ける気がなくなって、とぼとぼと歩いてバスに乗り、しゅんとして家に帰ってきました。そして、やかんを火にかけてお湯を沸かし、お茶をいれ、トーストを焼きました。お腹はすいていませんでしたが、お茶をいれるという日常の行為を行うと傷ついた心が癒されますし、ほかほかのトーストに蜂蜜をたっぷり塗って食べると安心するからです。レストランに電話をしてみると、とげとげしくこう告げられました。外でスカーフを落とされたに違いありませんわ。もし店内で落とされたとしても、わたくしどものお客様が拾って持ち帰るなんて考えられませんから。つまり、レストランに来るお客は、そんなことをするような人々ではない、というのでした。甲高い声でまくし立てられて圧倒され、もうこれ以上何もできることはないとあきらめました。負けを認めるしかありません。人生には、そういうこともありますよね。

夜が明けると、次の日は明るく良いお天気でした。私たちが寒い冬を乗り超えることができるよう神が与えてくれた、黄金のような秋の一日です。元気を取り戻した私は、あのブティックに電話をかけました。ええ、同じスカーフの在庫がもう一枚ございますよ、との返答でした。高価なスカーフを二枚も買うなんて、母が知ったら間違いなく心臓発作を起こしたでしょう。でもね、あのスカーフをこれほどまでにも気に入ってしまった責任は、父と母にあるのですから。そうでしょう？

あのスカーフは、夏の牧草地であり、赤茶色のサンザシの垣根であり、真っ赤なサンザシの実でいっぱいの、父の日焼けした温かい手なのです。そしてまた、美しく織られた秋色のツイードを心躍らせ愛おしそうになでている、母の繊細で小さな、家事で荒れた手でもあるのです。そんなスカーフに値段をつけることなどできません。

あの美しいスカーフをもう一枚買いにブティックに行ってみると、思いがけない驚きが待っていました。私の娘が先に店に来ていて、支払いを済ませてあったのです。おかげで人の善意というものを、また信用できるようになりました。それに、この素敵な心遣いのおかげでスカーフがより特別なものになったのです。

第7章　ジョニーの廃棄物コンテナ

何日か前のことです。わが家の通用口から外へ出ると、向かいに住むジョニーの門の外に廃棄物コンテナ*が置いてありました。うちには廃棄物コンテナが写っている古い写真があり、それを見るとみんなが思わず微笑んでしまいます。何十年も前に、私が夫のゲイブリエルを撮影したものです。夫はコンテナの中にいて、私がコンテナに投げ捨てておいたものを、辛抱強く回収しているのです。当時の私は、家じゅうを片づけようとむなしい努力をしていたのでした。あの頃は、まさか自分がコンテナの中から物を回収するようになるなんて、夢にも思いませんでした。それが今じゃあ、廃棄物コンテナはとても魅力的だと思っている、そう認めます。ジョニーはコンテナをのぞき、中の物を確認している最中でした。私は近寄って一緒にのぞきました。

＊ アイルランドやイギリスで使用される、建築現場などで出た廃棄物を入れる鉄製コンテナ。家の前の道路に置き、工事終了後に運び去る。

「今度は何を捨てるつもり？」そう話しかけました。というのも、ジョニーは経営するパブの裏手に何かを建てたり、改築したり、片づけたりを常に繰り返しているからです。「うちの二階に美容師さんが引っ越してくることになってね」。彼はもともと自宅の一角を美容室として貸しています。その上の階を指さしながら、ジョニーはそう答えました。「それはいいことね」と私。「美容師さんが来てくれたら、村のためになりますからね」。それに私のためにもなるわね、心の中でそうつぶやきました。絶え間なく体を修理しメンテナンスしなくてはならない、もうそんな年齢ですから。

ふいに、コンテナの中の何かが私の目に入りました。「ジョニー、そんなにいい状態の陶器の植木鉢を、どうして捨てちゃうのよ?」つい、とがめるような口調になります。「よかったら、持ってってくれ」ジョニーは、あきれたようにニヤリとして答えました。「好きなものは何でも持って行ってくれよ。ああそれに、何か処分したいものがあれば、ちょうどいい機会だ。この中に何でも入れてくれ。コンテナは火曜までここにあるから」

ジョニーが去ったあと、私は植木鉢を取り出しました。それからコンテナの中をいろいろ調べたのでした。廃棄物コンテナをのぞき、人がどういう物を捨てるのかを見るって、本当におもしろいですね。コンテナには、問題なく使えそうなソファーがありました。なんとももったいない。それに、状態の良さそうな小さなキャビネットもいくつかあります。ああアリス、今すぐうちに戻りなさい。余計なことは考えちゃだめ。と、しっかりと自分に言い聞かせます。ただでさえ、家の中はがらくたでいっぱいなんだから。

それでも、コンテナをつい見てしまいます。誰かがきっと、あのソファーを持っていくわよね。光沢のある淡いピンクのビロード生地で包まれた、あのソファーに腰掛けたら、リラックスしておしゃべりを楽しむことができそう。それなのに、ソファーは一日中片方のひじ掛けを空に向かって突き出したまま、ひとり寂しくコンテナに残されていたのでした。その晩ベッドに入る前、ジョニーの家の裏門を向いている私の寝室の窓から外を見てみました。残念ながら、ソファーはまだあります。夜の間に雨が降ってソファーが台無しにならなけりゃいいけど。翌朝目覚めた私は、すぐに窓からソファーを確認するのを忘れていました。でもしばらくして通用口から出てみると、嬉しいことになくなっているではありませんか。ラッキーだったわね。幸運にも、ソファーを自分のものにしたその人に向かって言っていました。掘り出し物を見つけたわね。しかも、なんと、ただですもの。本当にラッキーね。そして、その他の物はどうなったのだろうと気になり始めました。キャビネットはどうなったかしら。ええもちろん、誰かが使い道を思いついて持って行ったでしょうよ。ところがキャビネットは、それから二日間もコンテナに残っていました。そしてようやく、コンテナの中から消えました。誰かが取り出している姿を見てはいませんが、キャビネットがひとつずつなくなっていき、とうとうコンテナには本当にがらくただけが残されました。素晴らしく道理にかなっているではありませんか。もしかしたら私たちアイルランド人は、欧州大陸のあの国の人々に続こうとしているのかもしれません。その国では、家庭で不要になったものを家の外に出して、誰が持って行っても良いことになっているのです。残り物は清掃局が運んでいって処分してくれます。理想のシステムですよね。

わが家にもこのシステムを導入する必要が大いにありますが、私が元気なうちはそうならないでしょう。私があの世へと旅立った日には、自宅脇の坂道にコンテナをおそらく六台は並べなくてはなりません。うちの子どもたちはまるまる一週間も、わが家の物をコンテナに投げ入れ続けることになるのです。そのときにはみんなに来てもらい、長年の間に私が集めたコレクションの品々を持って行ってもらいたいものです。そう、例えば時計とか。

私は昔から時計が大好きです。おそらく、実家の田舎家で、父が掛け時計を崇め奉るほど大切にしていたことが理由だと思います。台所の壁に掛けられたその時計は、正確に時を刻んでいました。真鍮の振り子の動きが時刻を決めていて、父がその振り子を巧みに調整する難しい技を完全にマスターしていたからです。振り子の奥の方に小さなレバーがあり、どちらか一方へちょっとひねると時の刻み方が速くなり、もう一方へひねると遅くなりました。時計が掛かっている壁には、時計の横に沿うように鉛筆でしるしがつけてあり、それは、その位置から時計を絶対に動かしてはならないという目印の線でした。壁を塗り替えるときでさえ、父は動かしたらひどいことになると言って絶対に動かさないとがんばりました。どうしても、思い切って動かさなくちゃならないの、娘たちがそう言い張ると、だったら父さんがひとりで動かすから、ときっぱり言い放ちました。まるでモナリザを動かすかのように、大げさに騒ぎ立てたのです。ぎょうぎょうしくことを行っている父を見て、遠慮知らずの姉が皮肉ってこうささやきました。「まるで、イエス様を十字架から降ろそうとでもしているみたい」

父はまず、時計の正面の小さなガラス戸を、聖櫃《せいひつ》[*1]を開けるかのようにうやうやしく開きます。そして、ゆらゆら揺れる振り子にそっと手で触れて動きを止めます。次に体をかがめ、振り子室を下からのぞき、振り子が内部の機械のどこから下がっているのか確認するのでした。それから振り子をそっとフックから外し、まるでアーダーの聖杯[*2]を捧げ持つように、台所の反対側へと向かいます。そこで、窓辺に置いてある古いバッテリー式ラジオの上に、振り子を丁重に乗せるのでした。小うるさいおんな子どもが触ることのない、ただひとつの安全な場所だと考えていたからです。うちの女たちときたら、血圧が沸騰するほど父をイライラさせていたのですから。父は口をぽかんと開けた時計のところへ戻り、亡くなったばかりの人の口を優しく閉じてあげる肉親のように、小さなガラス戸を閉めるのでした。それが終わると、あたかも天の配剤[*3]をありがたく受けるように上に向かって両手を広げ、愛情を込めて時計を壁から降ろすと、両腕を伸ばしたまましっかりと時計を持ちました。そのままカトリック教会の司教のように前進して台所のドアから出て行き、客間に入っていきました。私たち姉妹のひとりが洗礼者ヨハネ[*4]のように、父の通る先へ急いでドアを開けました。時計は客間のテーブルの真ん中に厳かに据えられました。私が戻ってくるまでここにいてください、何の心配もないから、となだめるように、父は大切な時計を優しくなでました。

＊1　カトリック教会で、イエス・キリストの肉に聖変化したとみなされるパンを入れるために祭壇上に設ける箱状の容器。
＊2　一八六八年にリムリック県アーダーのジャガイモ畑で発見された銀の聖杯。八世紀前半に作成されたケルト金細工の至宝。
＊3　善にはよい報い、悪には天罰というように、天はそれぞれにかなったものを配するということ。
＊4　『新約聖書』に登場する人物。イエスに先立って人々に教えを説き、ヨルダン川でイエスに洗礼を授けたため、イエスの道を準備する者とされている。

さて私の時計は、うやうやしく扱われることはありません。それに、時刻の計り方を速めたり遅くしたりしたいとき、小さなレバーをどちら側にひねるのか、一心に考えて思い出さなくてはならないのです。それで次の日、時計がすさまじく進んでいたら、ひねる方向を間違えたとわかります。とにかく、針が進んでいようが遅れていようが、こういう古い掛け時計のチクタクいう音は、気持ちをなだめてくれますよね。時計がチクタク時を刻んでいる音が聞こえていれば、ひとりぼっちだと感じることはありません。古いものはすべてそうですが、時計にも週に一度ゼンマイを巻くといった、愛情を込めた手入れが必要です。手入れを忘れようものなら、時計は止まって口をつぐみ、私たちに仕返しするのです。

ジョニーのコンテナから、古い掛け時計がひとつ出てきました。ある年配の隣人が見つけ、私に知らせてくれたのでした。「奥さん、あんたはがらくた好きだからね」。正直なところ、その時計は様々な色のペンキが何層にも塗られていて、本当にがらくたに見えました。けれども丁寧にペンキをはがしてみると上質なマホガニー材が出てきて、真珠がいくつか埋め込まれていたのです。この時計を気に入らない人なんているかしら。

チクタク時を刻む時計よりもっと大きな音を立てるのはチャイム置時計で、うちには三個あります。ええ、三つもあるのです。まず言い訳を聞いてくださいな。ひとつは、ジャッキーおじさんから受け継いだものです。ジャッキーが一九三二年に結婚したとき、ゲーリック体育協会[*1]の地元支部であるバレー・ローバーズ・クラブからこの時計を贈られました。ジャッキーはクラブの会長だったのです。その時計は郵便局内[*2]に置かれるとすぐさま任務を開始し、学校へ通う子どもたちやバスに乗る人たち、ミサへ向かう人々がたびたび時刻を確認する「村の時計」になりました。今ではわが家の「静寂の間」のマントルピースに置いてあります。残念ながら、長年の間に遅れるようになってしまいました。それでも掛け時計とは違い、この淑女には、見たところ時を刻む速度を調整する装置はついていません。彼女は未来へと向かう進行速度を自分で決める、自立した女性なのです。もうひとつの置時計は、私の子どもに、アンティーク好きなおじが結婚祝いとして贈ってくれたものです。ところが、現代社会の申し子であるわが子は、古い物の良さがわかるほど成熟してはいませんでした。そんなわけで時計はうちに残っていて、私がペグおばさんから受け継いだ大きなサイドボードに置いてあります。中に物が入っている状態でサイドボードをもらい受けましたが、その後も様々なものが追加され、中はいっぱいです。

＊1　アイルランドの伝統的スポーツの統括と普及を目的とする団体。ゲーリックフットボールやハーリングなどを扱っている。
＊2　ジャッキーは村の大通りにある郵便局兼食料雑貨店を営んでいた。

そしてあるとき、骨董品の誘惑に負けないように祈りつつアンティークショップの中を横切ろうとしていたとき、少し離れたところにある置時計からビッグベンのような鐘の音が鳴り響いてきたのです。耳に心地よく響いてくる、柔らかく美しい音色でした。幼い頃よく、ラジオのイギリス国営放送でこの音色を聞いていました。世間ではどうやって物事をやりくりしているのか確かめようと、父が午後六時のニュースを待っていたからです。だからもちろん、アンティークショップの時計は、私の家にやって来ました。何年も後、当時ボストンにいた娘と電話で話しているとき、後ろで時計が時を打ち始めました。すると娘がつぶやきました。「ああ、なつかしい。わが家の音だわ」

そういえば、わが家には大きな柱時計もあります。これを数に入れるのを忘れていました。ほら、部屋の向こう側からうらめしそうにこちらを見つめています。西暦二〇〇〇年を迎える記念に買ったものです。高いものではありません。少々くたびれていたし、ひときわ美しい造りというわけでもないからです。それに、時計がより美しくなるようなことはまったくしていませんし。実は色を塗ろうとして無理やり動かしたとき、文字盤の部分が床に落ちてころころ転がってしまいました。もとの位置に戻しましたが、傾いた状態から直らなくなってしまったのです。それで部屋に入っていくと、時計が首を傾けて挨拶しているみたいに見えるようになりました。見た目はそれほど印象的でないというのに、不思議なことにこの時計は、見事なほどに正確な時間を保ち続けています。カチカチと音を立てて時を刻んでいますが、チャイムは鳴らないように設定してあります。残念ながら、天使の歌声のような音ではなく、今にもくたばりそうなカエルが出す、しわがれた声みたいな音なのです。それで、時報用のゼンマイは巻いたことがありません。

父なら、喜んでこの柱時計のゼンマイを巻いたことでしょう。少々目立つ動作でちょっとした見物ですから。はじめに、文字盤と木製の長い胴体みたいな振り子室との仕切りの内側にある小さな鍵を取り出します。胴体正面のベストを小さな鍵で開いておいて、また仕切りの内側からもうひとつの奇妙な形の鍵を取り出します。その鍵を時計の顔のほお骨下にある穴に差し込んで、固いゼンマイを懸命に巻くのです。すると、時計が抗議して激しく振動します。ゼンマイを巻いていると、大きな重りが次第にぐいぐいと上がり、内部の装置に近づいていきます。そのあと、振り子を手で揺らして動かします。もうひとつ時報の重りがありますが、こちらのゼンマイは巻きません。だから、時計はじっと黙っていることになります。あとは時計のベストを閉めて鍵をかければ、一週間は働き続けてくれます。

わが家の時計たちは、絶え間なく動かしてもらいたいと、私に頼ってきます。長年の間に、時計たち全員とすっかり仲良くなりました。でも時計が、がらくたの一部であることは間違いありません。それでも、山とある本ほどではないのですが。まあそれは、また今度お話しします。

第8章　クラブの分裂

カナダ人の、大変おおらかな人柄のいとこが、わが家に滞在していたときのことです。ちょうどテレビで全アイルランドのハーリング*決勝戦が行われる日でした。その人がアイルランドを訪れるのは初めてだったので、良い印象を持ってもらおうと、私たちは最大限の努力をしてもてなしました。まず親族が集まって、みんなでいとこを歓迎して、台所のテーブルでなごやかな食事を楽しみました。食事の後、いろいろおしゃべりをし、家族や親戚の近況を知らせ合いました。すべてがうまく運んでいました。そして決勝戦の時間になりました。決勝戦には地元コークのチームが出場していました。

＊ アイルランドの球技。屋外で行い、木製のスティックでボールを打ちゴールをねらう、ホッケーに似たスポーツ。アイルランドでは、ゲーリックフットボールと並び大変人気がある。

いとこを含めて全員が、通りに面した大きな部屋のテレビの前へ移動しました。全アイルランド決勝戦どころか、ハーリングの試合さえ見たことがない彼は、興味津々でした。そこで彼を特等席に坐らせ、私たちは部屋のあちこちにゆったりと腰を下ろしました。坐る席がない者や坐らなくても平気な者は、床に陣取りました。いとこは、リラックスした午後の余興を楽しもうと、くつろいだ様子でした。もしかしたら、ポップコーンをつまみながら、誰かが試合を解説してくれるかもしれないと、密かに期待していたのかもしれません。試合が始まって数分の間は落ち着いた雰囲気で、お客様がいるのを意識して、みんなお行儀よく振る舞っていました。

とそのとき、コークチームがゴールを決めると、どっと歓声が上がりました。試合が進むにつれコークの運気は上がったり、砕け散ったり、また上がったりしています。コークが得点を挙げるたび、私たちは椅子から跳び上がり、床の上を踊り回りました。まるでクローク・パーク*に瞬間移動して、そこで跳びはね、狂喜の悲鳴を上げているようです。喜びの声をあげながら椅子を脇へ押しやって、得点した選手を口々に褒めたたえます。あと少しのところでへまをすると、失敗した張本人に非難の言葉をミサイルのように浴びせかけるのでした。さっきまで英雄だった選手が、次の瞬間には悪党としてなじられます。もはやイニシャノンのわが家にいるのではなく、古代ローマの闘技場にいて戦いを観戦して一喜一憂しているようでした。その頃には、部屋の隅で小さくなっていた、ハーリング観戦が初めてのいとこのことなど、すっかり忘れていたのでした。コークが優勝し、勝利のダンスを踊った後、私たちはイニシャノンの大地に戻ってきたのでした。

＊　ダブリンにある、アイルランド最大のスタジアム。主にゲーリック体育協会のスポーツ競技が行われてきたが、現在ではサッカーやラグビーの試合も行われる。

「いやあ、すごかった！」いとこが息をつきました。とうぜん試合のことだと思い込んだ私たちは「ほんとに。素晴らしい試合だったわね」と意気込んで答えました。「いや、試合じゃなくて」彼はあえぐように答えました。「きみたちって、ほんとにとんでもないね。カナダでこんな大騒ぎをしたら、全員が留置所行きだよ」。ええっ、そうなの？　みんな驚きました。

ゲーリック体育協会とは、なんとも説明しがたい、アイルランドに特有のものです。アイルランド人の骨の髄までしみ込んでいて、どの教区にもしっかりと根付いています。メンバーには実に様々な人がいます。こうあるべきと理想を掲げる者、ハーリングのためならなんでもする者、プレイはせず見るだけの者、ハーリングマニア、少々いかれた人、フーリガンなど。もちろん、普通の人だっています。国中のほとんどの教区に協会所属のクラブがあり、これまで長い間、攻撃的になりやすい男たちの注意をハーリングのスティックやボールや対戦相手に向けさせてきたのでした。少年たちのたまりにたまったエネルギーや男性ホルモンのはけ口ともなっています。今では女性も競技に参入するようになり、それが急速に広まっています。

政治とゲーリック体育協会はよく似ています。どちらの世界にも、グループの「分裂」がつきものだからです。私がイニシャノンに住むようになってからも、地元のクラブ、バレー・ローバーズが分裂するのを何度も見てきました。結婚して、ゲーリック体育協会にどっぷり浸かった家族の一員となった私は、分裂をいつも間近で見てきました。

最初の分裂は、私が村に越してくる少し前に起こっていました。けれども私がここに住むようになったときには、まだしこりが残っていたのでした。競技場の購入をめぐる争いでした。アイルランドでは、土地を購入する際、面倒な問題が起こらずうまくいくことはめったにありません。それに、購入に関わる人数が多ければ多いほど、問題はますます複雑になります。土地の所有者がいて、そこを借りている人が別にいる場合、問題は実にややこしくなります。借り手が長年土地に関わるうちに、自分が所有しているような気持ちになってしまうからです。ジョン・B・キーン[*1]は『ザ・フィールド』の中でこのジレンマを巧みに描写しています。作品の中で、ブルは借りた土地を何年も耕しているうち、その場所を愛するようになり、「自分の土地」だと思うようになるのでした。実際には、そこはウィドウが所有していたのですが。同じことがイニシャノンでも起こったのでした。競技場にするのに理想的な土地を所有者が売ってくれることになり、バレー・ローバーズが購入することになったとき、争いが始まったのです。そこは「晒《さら》し場」という名で知られている広場でした。その名は、昔その広場がどんなふうに使われていたかを表しています。イニシャノンに住み、かつての地主だったトマス・アダリーは企業家でした。彼は、フランスで迫害され逃げてきたユグノー教徒[*2]の人々をイニシャノンに受け入れました。ユグノー教徒の人々は素晴らしい腕を持つ職人だったので、アダリーは彼らの技を借りて絹と麻の製造を始めたのでした。職人たちは、川のほとりにあったアダリー家の裏の広い野原で布をさらしたので、そこが「晒し場」と呼ばれるようになりました。その場所が、争いのもとになったのです。ゲーリック体育協会にとって広場は理想的な場所でした。村の真ん中にあるからです。

*1　一九二八年〜二〇〇二年。アイルランドの劇作家で小説家。『ザ・フィールド』は一九六五年の作品で、劇場で上演されたのち、一九九〇年に映画化された。
*2　キリスト教プロテスタント教派に属する人々。フランスで迫害され、ドイツやイギリス、アイルランドへ逃れた。

バレー・ローバーズのメンバーたちは、村に競技場を作る絶好のチャンスを逃すわけにはいかないと考えました。購入を積極的に進めた数人は「バレー・グラバーズ[*1]」と罵られることもありました。夫の養父ジャッキーおじさんも購入を進めたうちのひとりとして争いに巻き込まれましたが、聖人と呼ぶにふさわしい優しい性格だったため、大変苦しみました。そこで、妻のペグおばさんがジャッキーの身辺警護をしなくてはなりませんでした。争いの真っ只中、必要とあらば、ペグは敵の首根っこをつかまえてお店[*2]から外へ追い出したものでした。ペグはまったく侮れない女性で、簡単に言いくるめられる人間ではありませんでしたから。すったもんだのあげく取引が成立し、ようやく物事が落ち着いて普通の状態に戻ったのでした。ジャッキーはとても苦労して「晒し場」を手に入れたいきさつを、後の世代のクラブ員に喜んで話していたものです。

＊1　分別なく物を手に入れようとする不快な人たち、という意味。
＊2　ジャッキーとペグが営んでいた郵便局兼食料雑貨店のこと。

それから長い月日が過ぎたあと、小さな分裂が起こりました。地元クラブのメンバーが試合に勝つと、そのお祝いとしてビール醸造所に招待されたのですが、当時のクラブ会長がそれを良く思わなかったのです。正直な気持ちを率直に話すと、面倒な問題を引き起こすことが、ときとしてあるものです。会長は回りくどい言い方ができない性格でしたから、醸造所の経営陣と大勢の人々を前にして立ち、こう述べたのでした。「こういう場所は、未成年者のチームを連れてきて打ち上げをするにはふさわしくないんだが」。それで、一波乱起こったのです。今もなお、国のいくつかの省庁がスポーツ業界の飲酒問題をなくそうと努力していますが、それでも依然としてなくなりません。

また、お金をめぐってクラブが分裂したこともありました。「土地かお金のやり取りをしてみると、その人の人間性がわかる」父がよくそう言っていたものです。有志が運営する団体はみんな資金調達には常に苦労しているものですが、長年の間ずっと、バレー・ローバーズもその例外ではありませんでした。それで、自動車を当選商品としてくじを売って資金を調達する一大計画を進めていたのですが、嘆かわしいことに、その計画が破綻してしまった

のです。集めたお金が跡形もなく消えてしまったからでした。イベントを計画したメンバーには、お金がどこへ流れたのかわかっていましたが、取り戻すだけの力がありませんでした。その後、もちろん彼らは少なからず非難を受けることになりました。「なんてことしてくれた」、「あんたら、ほんとに能無しだな」。このときばかりは、普段はおとなしい、プレイはせず観戦するだけのメンバーが強気に出たのでした。

わがクラブは数年前にも分裂しました。土地の所有権をめぐる争いがまた起こったからです。なぜ分裂することになってしまったのか、根本的な原因をつきとめるのはとても難しいことでした。人生に起こる様々な問題がそうであるように、グループの分裂にもいろいろ複雑な理由があるのです。きっかけは、クラブ内のあるグループが「晒し場」に建物を建てようとしているという噂を、別のグループが耳にしたことでした。クラブにとって「晒し場」は神聖な場所でしたから、そんな噂が流れただけで、騒ぎが起こってしまったのです。根も葉もないまったくのでたらめだと、クラブの常任役員たちは言い張りました。それでも、デマが組織の上層部の信用を失わせることがあるものです。バレー・ローバーズの執行部は全員一緒に退任することになったのでした。この騒ぎが収まるのに数年かかりました。それでも時がたつうちに、すべて許され、忘れられることでしょう。いや、すっかり忘れられることはないかもしれません。村の暮らしとは、そういうものですから。

第9章 教区のピクニック

ある朝早く、私はドロームキーンの森にいました。小鳥たちが元気いっぱい喜びの歌を歌い、新しい一日を歓迎していました。森の急な坂道をのぼり、空気を思い切り吸い込むと、とてもすがすがしい気持ちになります。朝露に濡れたブルーベル*の濃厚な香りがしました。周りは一面にブルーベルが咲いていて、まるで青いカーペットのようです。その日は「ブルーベルの日」でした。森が自らの来歴を語ってくれました。

＊ 青い釣鐘形の花をつける植物の総称。「ブルーベルの日」は特に定められた祝日ではない。アイルランドやイギリスでは森にブルーベルが咲く季節にこの日を設け、人々が集まってブルーベルを愛でることがある。森でイベントなどが行われ、多くの人々が自然と触れ合う。

イニシャノンには、数世紀のあいだ占領されたり争いの場になったりした、波乱に富んだ時期がありました。ドロームキーンの森にも歴史があります。一七五〇年、地主だったトマス・アダリーが木々を植え、森を作りました。その頃アダリー家の敷地を管理していた男性が、現代の著名な俳優ジェレミー・アイアンズ[*1]の母方の先祖です。数年前ジェレミーがイギリス国営放送の『フー・ドゥ・ユー・スィンク・ユー・アー？』[*2]という番組に出演したとき、この事実が広く知られるようになりました。さて、アダリー家の後にイニシャノンの地主となったのがフルーエン家で、この一家は川辺にあったアダリー家の邸宅を解体し、村の高台に建て直しました。その場所から川の流域の美しい眺めと、向かい側のアダリーの森が見えました。彼らは木々を好みの形に植え替え、森の名をフルーエンの森に変えました。フルーエン一族の全体像を把握するには、女性の血統をさかのぼる必要があります。その方が男性の血筋よりずっと興味深い場合があるのです。実際、一族は華やかな女性たちのおかげで、実に興味深い家系となっていたのでした。彼女たちはみな、優雅な野心家で、お金を湯水のごとく使いました。よく調べて書かれた『フォーチュンズ・ドーターズ』[*3]という本に、この非凡な女性たちの人生が綴られています。三人の美しいジェローム姉妹はニューヨークの大変裕福な家族の出でしたが、貴族ではありませんでした。上昇志向の強い母親は、この事実をなんとかして変えたいと考えていました。運命を切り開くべく、母親は娘たちをパリへ連れて行きました。貴族の夫を見つけるためです。しかしパリでは理想的な相手を見つけることができなかったので、今度は社交シーズンに合わせてロンドンへ連れて行ったのです。娘たちはロンドンで好ましい相手を見つけて結婚しましたが、それでも大変残念なことに、遺産相続を保証された長男と結婚した娘はいませんでした。その頃、娘たちの父親は贅沢をしすぎたうえ投資にも失敗して破産していたので、娘たちを長男と結婚させる必要があったのですが。

＊1　一九四八年生まれのイギリスの俳優で活動家。母親はアイルランド系であり、妻はアイルランド人。
＊2　二〇〇四年に放映が始まった、家族の歴史を探るドキュメンタリー番組。
＊3　エリザベス・キーオ著。二〇〇五年。

姉妹のうち最も美しいジェニーは、マールバラ公爵の末息子のランドルフ・チャーチルと結婚し、後にウィンストン・チャーチル*を産みます。レオニーはアイルランドの名家レスリー家の男性と結婚し、クララは、当時アダリー家から土地を買い取ってイニシャノンの地主となっていたモーティマー・フルーエンと結婚したのでした。

＊　一八七四年～一九六五年。イギリスの第六十三代首相で著述家。一九五三年ノーベル文学賞を受賞。

モーティマー・フルーエンはイニシャノンに、当時としては非常に先進的だった養魚場をつくりました。養魚場があった橋のたもとは、今も「養魚場」と呼ばれています。モーティマーが何度も事業に失敗したことでフルーエン家はいつも金欠状態でしたが、一家の贅沢な暮らしぶりは変わりませんでした。それでもついに、アイルランド国内の政治情勢が変わったため、一家はイニシャノンを引き払っていったのでした。その後、フルーエン家の所有地を借りて耕作していた多くの村人たちは、土地を買い取りました。大変複雑な手続きをしなくてはならず、長い時間がかかりました。アイルランドの地主制度は、根深くて痛ましい名残をたくさん残しました。それでも、良いものも残されており、それが見事な邸宅であり、素晴らしい森なのです。

アダリーの森はフルーエンの森と改名されましたが、今ではドロームキーンの森となり、国の機関であるクイルチャ*の所有地となっています。所有者は変わっても、森の木々や野生動物は、私たち人間にはおかまいなく、ずっと存在し続けています。イニシャノンの人々にとって、ドロームキーンの森は喜びを与えてくれる安息の地であり続けてきました。子どもたちは、森の中や、入り口近くの岩だらけの斜面をさらさら流れる小川で何時間も遊んでいます。森のすぐ隣には、かつて鍛冶場がありました。鍛冶屋のビリーが馬に蹄鉄を打ち、他にもいろいろな役割を果たしていました。村の子どもたちが森の中で遊ぶとき、親はこう言い聞かせたものでした。「森に行くよ、ってビリーに声をかけてから遊ぶんだよ」。そうすれば、ビリーが気にかけてくれるとわかっていたからです。鍛冶場はまた、男の社交の場でもあって、夜になると地元の農夫たちが集まってきて、国の政治情勢について意見を交わしていました。人々はそんなときの鍛冶場を「下院」と呼んでいて、ビリーによれば、そこでは本物の下院よりずっと知的な論議が行われていたのでした。ビリーはずっと昔に亡くなりましたが、彼を慕っていた村の人々は鍛冶場を修復し、入り口にビリーの銅像を建てました。

付近はきれいに整備され、すぐそばに建築事務所が建っています。

＊　国が保有する団体で、アイルランド国内の林業の振興を図り、森林の維持や管理を行う。

ここ数年はドロームキーンの森の遊歩道も階段も、ずいぶん古びてしまっていました。そこで私たち村の住民は、古くなったものを新しくし、足腰の弱い高齢者のために手すりを設置することに決めたのです。グウェンドリン・ハロルド＝バリー・トラスト、コーク県議会、メルク・アンド・カンパニー、それにイーライリリーから助成金を受け、作業の管理と実施はクイルチャが行いました。すべての作業が完了すると、森を良くしてくれたことを支援団体に感謝するため、私たち教区の住民は記念式典とピクニックを開催することにしたのです。「ブルーベルの日」に行うことになりました。

＊　コーク県の非営利団体。森林や庭園の保護活動を行う。メルク・アンド・カンパニーはアメリカの大手製薬会社。世界一四〇カ国以上で事業を展開し、アイルランドにも六都市に事業所がある（二〇二一年六月現在）。イーライリリーはアメリカの大手製薬会社。世界十八カ国で事業を展開しており、アイルランドではコーク県に製造工場がある（二〇二一年六月現在）。

その朝、私は森を独り占めしていました。素晴らしく美しい朝でした。木々の間から陽光が斜めに差し、小鳥たちが枝から枝へと飛び回っています。そのとき、赤いものがちらりと目に入り、私は立ち止まりました。見事なふさふさしたしっぽのアカリスが、すぐそばの木を駆けあがっていったのです。アイルランドの在来種ですが、外来種のハイイロリスが増えすぎたことで、現在は個体数が少なくなっています。この美しい動物を一瞬見ただけで、嬉しさがこみあげてきました。愛らしい動物ですが、めったに見ることができないからです。パトリック・キャヴァナ*は、そのようなめったにない体験をしたときの喜びをうまく描写しています。「楽しみは思いがけないところから現れる」。リスを目にした瞬間、私はキャヴァナの言葉の本当の意味がわかったのです。詩を暗唱している人が、その詩の作者と思考の流れを共有するとき、詩は遠く離れた時間をつなぐ架け橋となります。何かに感動して言葉で表すことができないとき、もうずっと忘れていた詩の一節が、記憶の片隅から浮かんでくることがあります。その瞬間、あなたの心の動きは、詩人のものとぴたりと合っているのです。魔法の瞬間です。まさにこれが、詩を鑑賞したり学んだりすることの醍醐味なのです。

＊ 一九〇四年〜一九六七年。アイルランドの詩人、作家。

アカリスが出てきてくれたことで、足の運びが軽くなりました。もう一度見たいものだわ、そう思いながら歩いていましたが、残念ながらもう出てきませんでした。そろそろ家に帰ってピクニックの準備をする時間です。心安らぐこの場所を立ち去るのは、気が進みません。森の急な坂道をゆっくり歩いて下りながら、ふと思いつきました。この安らかな場所を散歩する人たちが、もっと心地よく過ごせるようにするには、木のベンチを置くといいわ。木々の間から川や村の建物が見える、ちょうどよい場所にベンチを配置するのよ。ところどころにベンチを置けば、坂道を上っていくときの格好の休憩場所にもなるし。そのとき、学校で習ったウィリアム・ヘンリー・デイビス*の詩の言葉が頭に浮かびました。

＊　一八七一年～一九四〇年。アイルランドの詩人、作家。

もし心配事でいっぱいなら、人生はどうだろう
立ち止まり、見つめる余裕もない

大木の枝の下に立ち
羊や牛のようにじっと見つめる余裕もない

森を通り過ぎるとき
リスが草むらに木の実を隠す様子に気づく余裕もない

明るい陽射しの中
夜空の星のように輝く小川を感じる余裕もない

美しい人の眼差しを振り返ることも

彼女がダンスを踊る足元に見とれる余裕もない

その人の目元の微笑みが
口元へ広がってより美しくなるのを待つ余裕もない

もし心配事でいっぱいなら、なんとつまらない人生だろう
立ち止まり、見つめる余裕もないなら

自宅に戻ると、友人たちと一緒にバスケットに食べ物を詰め、ポットにお茶とコーヒーを入れました。ピクニックに参加する家族には食べ物を持参するようにお願いしてありましたが、ボーイスカウトやガールスカウトのモットーを実行しておけば間違いありません。「常に備えよ」。それから森へ行き、木々の下にテーブルをいくつか据え、人々がやって来るのを待ちました。まず、ボーイスカウトとガールスカウトの少年少女が歩いてくるのが見えました。隊列を組んで橋の上をきびきびとこちらへ向かってきます。到着すると、すぐさま森の奥へ消えていきました。彼らにとって森は日ごろから慣れ親しんでいる場所です。普段からここで様々な活動を行ったり、ゴミ拾いをしたりしているのです。それから、村の人々がゆっくりと橋を渡ってやって来ました。最後に支援団体の人々が全員到着すると、私たちは

感謝を捧げる式典を開始しました。式典は、村の人々が支援団体を知り、感謝の意を表すのにたいへん良い機会になりました。「きれいな町コンテスト」*に参加するグループが、式辞やその他すべての進行を取り仕切っています。式典は森の手前にある小さな緑地で行われていました。柔らかな霧がゆっくりと出てきたので、私たちは式の進行を早めました。村に住むジェリー・ラーキンが自作の曲を歌って式を締めくくりました。ジェリーは芸術家であり、音楽家でも歌手でもある、多才な人物です。二〇〇九年に村の入り口に「馬上の旅人」の銅像を設置した際、この曲を作ってくれたのでした。この像は、過ぎし日に馬に乗ってわが村を通った旅人たちに思いを馳せるために、村の住民が建てました。ジェリーはそのときの歌を、もう一度歌ったのです。聞く者の気分を昂揚させるようなリズムの歌で、式典の最後が大いに盛り上がりました。

＊　アイルランドの環境省が開催するコンテスト。一九五八年から毎年行われ、その年の「アイルランドでいちばん清潔な町」が選ばれる。イニシャノンは毎年参加しており、村にはそのための活動をするグループがある。グループは定期的に村の清掃や整備を行っている。著者もメンバーのひとり。

川を渡る人々

そうさ彼らは浅瀬に続く小道を行った
川の水位が下がるのを待った
彼らは浅瀬に続く小道を行った
遠い遠い昔のこと

そして彼らは川の浅瀬を渡った
老いぼれ馬に荷車をつけ、家畜をたくさん連れて
彼らは川の浅瀬を渡った
何も落とさず渡りきった

それで彼らは岸辺に着いて進んでいった
何度も何度もつまずきながら
そうさ彼らは岸辺に着いて進んでいった
再びしっかりとした大地を踏むまで

その後何年も月日が過ぎて小道は残り
長い間ずっと残っていた
馬上の旅人が堂々と立ついま
われらの歴史を称えよう

それからみんなで森の中へ入り、木の下に据えられた、食べ物でいっぱいのテーブルの周りに集まりました。若葉をつけたばかりの大きなブナの木が半透明の緑の日傘となり、太陽の光をほどよくさえぎっています。森の木の下で友人や隣人と共に、自家製のりんごのタルトやお茶をいただくほど、楽しいことがあるでしょうか。子どもたちは森の斜面を駆けあがり、転がり降りてくるときには、葉っぱの塊みたいになっています。今日は、私たちみんなが森の自由を楽しみ、身近にある美しいものに感謝する日なのです。アダリーさん、フルーエンさん、それにわがアイルランドのクイルチャ*、ありがとう。

＊ トマス・アダリーとモーティマー・フルーエンはイギリス系であるが、クイルチャはアイルランドの団体である。

第10章 歴代の司祭

この半世紀のあいだ私たちの教区では、個性豊かな司祭が次から次へと赴任しては離任していきました。ある晩、教区の司祭が司祭館を引き払っていったあと、空っぽになったその家に入ってみました。館はいろいろな変化を目にしてきたことでしょう。私は次の詩を書きました。

空っぽの子宮の館
収縮して新たな命を生む
面影は残り
昔日の
ささやきや影
あの頃の柔らかな
灰色の雲の記憶が

部屋から部屋へ漂い
くもの巣にからまる
私の一部も
ここになじんでいる
かつて暮らした人が
石壁のあちこちに
染み着いている
だから持っていこう
この館の魂のかけらを
そして私の一部を
ここに置いていこう

司祭館は庭に囲まれた優雅な古い館です。教会の後ろに建ち、南のドロームキーンの森に臨んでいます。長い年月の間、古びたこの館に住んできた司祭たちは、ここを大いに気に入るか、嫌でたまらないか、はたまたじっと我慢して住んでいたか、そのいずれかでした。アイルランド中の司祭と同じように、うちの教区の司祭たちも、教区と司祭館に独自の足跡を残していきました。教区の人々は彼らの様々な側面を覚えています。

一九六〇年代のはじめ、ジャック・ターバート神父と妹のジェスは、独身男の一人住まい用アパートみたいだった司祭館を、美しい一軒家に改装したのでした。広々とした台所にアガ社製レンジを設置し、大工仕事もできるジャック神父は、古びた馬車置き場を作業場に変えてしまいました。彼は園芸のエキスパートでもあり、バラの栽培が得意だったので、教会の裏手の庭を魔法のように美しい一角に変身させました。この兄妹は貴族の出身でしたから、ジェスはその住まいに似つかわしく、つや出しワックスと庭の花の香りで司祭館を満たしていました。優雅な古い館はバラ園の真ん中で光り輝いていて、玄関の前に立つだけで、家事のすべてが上手に切り盛りされている雰囲気が漂ってきました。ジェスが家事を完璧にこなしていたからです。ふたりの一族には異なる宗派が混在していて、北アイルランドで長老派教会（プロテスタントの教派）の教師を務めるいとこもいました。だからふたりは、プロテスタントのしっかりとした労働倫理を持ち合わせていたのでした。ジェスほど聖職者の妻にふさわしい女性はいませんでした。もしカトリック教会の司祭が結婚を許されていたら、ジェスは理想の相手だったことでしょう。教区で慈善バザーを主催し、教会の経済状態に油断なく目を配り、司祭館で家政婦として腕を振るうだけでなく、教会の聖具を几帳面に管理し、ミサの侍者の少年たちを指導しました。夏になれば、司祭館を訪ねてくる人々に軽食をごちそうします。芝生の上に大枝を広げて立つブナの下、ティーカップにそそいだお茶にきゅうりのサンドイッチを添えて出したのです。

うちの教区にいる間ジャック神父はボランティアの人たちの手を借りて、村の東側のはずれに小さな岩屋の祠《ほこら》を作りました。自然の岩場に小川が流れる理想的な場所でしたが、それでもやはり地面を掘ったり土砂を運んだりする作業が必要でした。付近一帯の土地を所有する地主のマリー・ローチからその場所をもらいうけ、ペグおばさんが寄付した聖母マリアと聖ベルナデッタの像を安置しました。コーク県西部へ向かう車がひっきりなしにイニシャノンを通り抜けていきますが、そのすぐ脇で、心を落ち着けることのできるオアシスとなっています。

ターバート兄妹の次に赴任したマイケル・オリオーダン神父は、まったく対照的な人でした。マイケル神父はコーク県西部のキルマイケルの農家の出身で、この人が司祭館に落ち着くと、バラは色あせ、きゅうりのサンドイッチが出されることもなくなりました。彼は『キルマイケルの少年たち』の歌がお気に入りでした。アイルランド独立戦争*時にキルマイケルでイギリス軍を待ち伏せした名高い部隊を称える歌です。あるときなど、教区で厳粛な行事が行われていて、人々が聖歌『いにしえの聖徒の』を歌っていると、「『キルマイケルの少年たち』の方がこの場にふさわしいんじゃないか」と言ったことさえありました。マイケル神父はとても愉快な人柄で、話術が巧みで、ちゃめっけたっぷりでした。みんな彼のことをミック神父と呼んでいて、今でもその名が話題に上がると、彼を知る人たちはみんな笑顔になります。あの頃の楽しい思い出がよみがえるからです。たいへん人付き合いが良く、人間の

本質をよくわきまえていて、ボランティアの人たちと力を合わせて教区ホールを建てました。当時としても、大した偉業でした。教区ホールは今も健在で、いろいろなことに使われています。

＊　一九一九年〜一九二一年。第一次世界大戦後、アイルランドがイギリスからの独立を求めて始めた戦争。

その次に赴任したシェイマス・マーフィー神父は、まるで別なタイプの人でした。控えめで感情を表に出さない人でしたが、教区の少年たちにハーリングとゲーリックフットボール＊の指導を行いました。つまり、現在の教区のクラブ、バレー・ローバーズの基礎を築いてくれたのです。競技場の中でも外でもフェアであることが大切だと考えていたので、反則を決して許しませんでした。一九七四年に教会の門の脇にムラサキブナの若木を植え、今ではその木は堂々とした大木に育っていて「マーフィー神父の樹」と呼ばれています。

＊　アイルランド式フットボール。一チーム十五人でプレイし、手足を使ってボールを相手チームのゴールに入れる。アイルランドではハーリングと並び国民的な人気がある。

次に赴任したルーシー神父は保守的な考えの持ち主で、連れてきた家政婦もまた保守的でした。初聖体拝領式では、無遠慮に子どもの写真を撮ろうと前に出てくる保護者を追い出しました。あのときはたいそう不評を買いましたが、何年も後になって、子どもを撮影しようとする保護者の図々しい態度が大きな問題になると、村の保護者会もルーシー神父と同じ決断を下したのでした。教区の人々にへつらうことなく、いろいろな点で厳格な人でしたが、意外にも親切で物分かりの良い面を見せることがありました。地元クラブのバレー・ローバーズが集めたお金が消えてしまった事件の翌朝、クラブに寄付するための小切手を手にして現れました。「これまでのことは忘れて、また資金集めを始めたらいい。君らより抜け目ない連中が、たまたまいたということさ」

その後、オドノバン神父が私たちの教区に颯爽と入って来ました。常に急いでいる人物です。それが聖木曜日*の晩には見事な変容をとげます。ゆっくりとペースを落とし、神聖な祈りの時間を授けてくれたので、私たちはみな天国の門のそばへと連れていかれた気分になりました。ラジオ番組で話すのがとても上手く、地元のラジオ局で『信仰が大切』という番組の司会をすると、幅広い年齢層のリスナーを感動させました。みんな、オドノバン神父の番組が大好きでした。

＊　カトリック教会における復活祭（キリストの復活を祝う日。三月二十一日から四月二十五日の間を年によって移動する）直前の木曜日。

その次に赴任したのは、優しく控えめなジョン・キングストン神父です。およそ三百万ユーロという大金をかけて教区にある二つの教会を改修したというのに、機嫌を損ねた住民はひとりもいませんでした。これはもう、驚くほどの偉業といっていいでしょう。改修作業が行われている間、私たちはアイルランド聖公会*1の教会でミサを行い、聖公会の教会の改修が行われる間、信徒の方々は私たちの教会に通って来ました。まさに世界教会主義[*2]を実践したのです。

＊1　キリスト教の教派のひとつ。教義はカトリックとプロテスタントの中道であるとされる。

＊2　キリスト教の教派の違いを超越して、全キリスト教徒の結束と一致を目指す主義。

今、わが教区にはフィンバー・クローリー神父がいます。若い頃からパブに入り浸っていたとのことで、とても気さくな人ですが、大変厳粛に儀式や式典を執り行います。彼は古びた優雅な司祭館を改修し、いつでも誰でも自由に出入りできるようにしました。おかげで若者が教会で行われる式典に積極的に関わるようになり、大人も集まる機会が多くなりました。

アイルランド各地の司祭がそうであるように、うちの教区の司祭たちも、赤ん坊に洗礼を施し、住民の悩みに耳を傾け、結婚式では祝福を与え、亡くなった人々を埋葬してきました。七十年代には、司祭は非の打ちどころのない存在だとされていましたが、それは当の本人にとっても私たちにとっても良くないことでした。教会は支配的な立場で私たちアイルランド人の暮らしを束縛しているといういらだちを感じ、当時の私は次のような詩を書きました。

黒づくめの聖職者
背後の教会はなんと強大か。

あなたに教え込まれた
私たちは約束の地へと導かれるべきだと。

イエス様は閉じ込められている
古い習慣や規則でがんじがらめの教会に、
信条は深く埋もれて見えなくなって
私たちには光も見えない、
大金をかけた分厚い塀の内側は
質素とは程遠い。

塀はあまりに厚く、愛はあまりに薄い
神はそこにいらっしゃらないのではないか。

かつてあらゆる病を治された
遠い丘の上を、神は今もお歩きになるか。

あらゆる信条のあらゆる人種のいる
開けた場所へ神はいらっしゃるか。

イエス様は祭壇を下られ
川のほとりで魚を獲られるか。

神は木々の間で小鳥と戯れ
ミツバチと一緒に蜂蜜をお集めになるか。

人がひざまずいて神に祈りを捧げるのは
そんな単純な方法ではなかったか。

この詩を当時の助任司祭だったシェイマス神父に見せると、彼は寂しげに微笑んで言いました。「アリス、僕たちも教会の制度に苦しめられているって、考えたことはあるかい?」。そう聞いてはっとした私は、批判的な態度を取るのをやめたのでした。数か月後、朗読奉仕者[*1]を選ぶことになり、私もその一人となるよう誘われました。私が断ると、シェイマス神父は物静かにこう言いました。「教会を批判するのは簡単だね。でも、内側から教会の悪いところを直そうとするのは、本当に大変な仕事だ」。確かにその通りだと思い、私はこの仕事を受けることにしたのでした。ああ、好き勝手にものを言うのは、本当にたやすいことです。ほんのひと握りの司祭が悪事を行ったせい[*2]で、他の善良な司祭も侮辱されていると感じるようになり、悪人と見られているのではないかと思うようになってしまったのです。アイルランド中の教区で、人を助けることに長い生涯を捧げてきた司祭たちは、どれほど心を痛めたことでしょう。

＊1　ミサにおいて聖書を朗読することで、神の言葉を人に伝える役目を担う人。
＊2　アイルランド、アメリカ、メキシコ、オーストラリアなどの国々で、カトリック教会の司祭が児童に性的虐待を行っていたことを指す。不祥事の発覚を恐れた教会の上層部は、問題を隠蔽した。

今では司祭になる人の数が少なくなっているため、いろいろなことを変えなくてはならない状況です。だから、教区にまだ司祭がいるうちに、彼らを大事にし、彼らに感謝しようではありませんか。高潔な司祭たちは、火山の噴火のような騒ぎをなんとか切り抜け、過酷な状況を乗り越えようとしてきたのですから。

私たちは人生において、自分が築いたものを壊しますが、その後、灰の中の不死鳥[*]のように、新たなものがよみがえることがあります。今、カトリック教会もそうなっているのでしょうか。私たちは、新しいものができあがるのを、目のあたりにしようとしているのかもしれません。新しいものを受け入れるのは、少々怖いことかもしれません。けれども、素晴らしく良いものができあがることもあるのです。

＊ エジプトの伝説的な霊鳥。五百年生きると自ら巣に火をつけて焼け死んだのち、灰の中から新たに生まれてくるという。

第11章 陽は昇る

私をロスナリーに埋葬し
昇る朝日に顔を向けよ[*1]

旅回りの人々は、いつもその場所に幌馬車を止めました。彼らは常に風雨をしのげる場所を探しているので、いちばん暖かい道端をうまく見つけます。その小道も、心地の良い場所でした。すぐ後ろにドロームキーンの森があり、夜にはそのひさしのような木々がベッドの頭板の役目をしましたし、幌馬車は南東を向けて止めているので、朝になると暖かい太陽の光が顔に当たり、彼らは目を覚まします。その昔、よく考えられて設計されていたお屋敷は、早朝の太陽の光を家の中に入れるため、モーニングルーム[*2]が東向きに建てられていたものでした。その小道に幌馬車を止めていた流浪の人々も、ほとんどお金をかけずに同じ効果を楽しんでいたのです。昔は、家を建てる場所を決めるときには、自然界の叡智に頼りました。牛をじっくり見ていると良いと言われました。牛はお天気が悪くなると、風雨をしのぐことのできるいちばん快適な場所へと移動し、そこで顔を南へお尻を北へ向けているからです。その場所に、牛が向いている向きに家を建てると良いのです。今では風水の専門家にお金を支払って、同じような知恵を授けてもらうようになっていますね。

＊1　サミュエル・ファーガソン（一八一〇年〜一八八六年）の詩『上王コーマックの埋葬』の一節で、アイルランド神話に登場する上王コーマック・マック・アートの言葉。
＊2　ヴィクトリア朝の貴族の邸宅に設けられた一室で、主として女主人が午前中を過ごした部屋。

古くからあるこの道沿いに、最後に住んでいたのはブリジー・ドノヴァンでした。ハイ・ネリーと呼ばれていた年代物の自転車に乗って村にやってきていました。もう五十年ほど前に亡くなっていますが、地元の人々はその道を今も「ブリジー・ドノヴァンの道」と呼んでいます。社会の上流階級の人々のあいだでは、道に自分の名がつけられるという素晴らしい名誉を受けるには、華々しい実績が必要ですが、ブリジーは最後までそこに住んでいたというだけで、この名誉にあずかったのでした。

同じ道沿いに、ブリジーよりずっと昔にさかのぼる、もっと古い住人たちも眠っています。小道の隣には名もない丘の草原があり、そこには百五十年以上前からずっと、数多くの住人たちが静かに眠っているのです。彼らは「キルパダー飢饉犠牲者墓地」に眠っているのでした。そこで休息しているのは、もともとブリジーの道に住んでいた人たちと、すぐ近くのキ

KILPADDER FAMINE
BURIAL GROUND
Pray for those
who rest here
Blessed by
Fr. Finbarr Crowley P.P.
24th July 2015

ルパダーの十字架からコリアーの船着き場と呼ばれる建物まで延びる道に家があった人々です。その頃の家は小さく、藁を混ぜた泥と石で造られた、一部屋だけの住まいでした。狭い敷地に建つ小さな家が四十軒、二本の道沿いにありました。聖ペトロ教会という小さな教会もありました。当時、その一帯は地主のフルーエン家が所有していました。人々は貧しく、命を支えていた食べ物はジャガイモでした。一八四七年にジャガイモの収穫が不足すると飢饉*になり、空腹のため大勢の人々が亡くなりました。キルパダーの道は「地獄の道」と呼ばれました。キルパダーには、犠牲者を埋葬するための穴がいくつも掘られ、亡くなった人々はそのままの服装で穴の中に埋められたのです。生き残った人の多くは、おんぼろ船に乗って外国へ移住していきました。この地に残った人々は、空腹や様々な紛争の中を生きていかなくてはなりませんでした。アイルランドの歴史における暗黒の時代です。

＊　一八四七年から数年間続いたジャガイモ飢饉のこと。ジャガイモの不作が原因で、百万人が餓死または病死し、二百万人以上が国外へ移住したといわれる。

時が過ぎ、アイルランドは打撃から回復していきました。何十年という時が流れるうちに、自然が救いの手を差し伸べ、キルパダーの地も立ち直ることができました。人々が埋葬された小さな草原には、何事もなかったようにイバラがはびこるだけでした。それでも、地元の住民たちは亡くなった人々を決して忘れませんでした。その場所を通り過ぎるときは十字を切って身を清めるよう、子どもたちに言い聞かせていました。メアリー・ノランはそういう子どものひとりで、登下校の途中で草がはびこる丘の脇を通っていました。そこに飢饉の犠牲者が眠っており、忘れ去られた魂を供養しなくてはならない、メアリーは母親からそう聞かされていました。その話は、繊細な少女の心に忘れられない強烈な印象を残しました。メアリーはそこに飢饉の犠牲者が眠っていることを決して忘れず、いつの日かきちんと追悼される機会が訪れることを願っていました。

長い歳月が過ぎ、いよいよそのときがきました。キルパダーに眠る当時の犠牲者を追悼するときがきたのです。それは、アメリカに移住したある村人の子孫が連絡をしてきたのがきっかけでした。先祖がそこに埋葬されたという男性から、思いがけず問い合わせがあったのです。先祖が眠る土地を訪れたいというのでした。

驚くべき運命のめぐり合わせで、男性が問い合わせた相手がメアリー・ノランだったのです。著名なアーティストとして知られるようになったメアリー・ノラン・オブライエンは、自分のウェブサイトに作品を展示していました。ボストンに住むボブ・マーフィという男性が、家系をさかのぼって調査していて、ウェブサイトを通してメアリーに連絡してきたのです。その後イニシャノンにやって来て、先祖が眠る場所を目にしたボブは、メアリーに依頼したのでした。「墓地を整備して、人々が祈りを捧げることができるような神聖な場所にしたい」。ボブは、同じくボストンに住むジム・カルヴィと協力し、「ナイツ・アンド・レディース・セント・フィンバー・コーク・クラブ・ニューイングランド*」から資金協力を得て、プロジェクトを開始したのでした。

＊　アメリカ北東部ニューイングランドに在住のアイルランド系アメリカ人の組織。

一方メアリーにとっては、長年の祈りがようやく聞き入れられたようなもので、地元のコミュニティーと協力して作業を進めることになりました。犠牲者が埋葬されている場所は、地元の農夫が所有する土地の中にありましたが、持ち主はすぐに整備プロジェクトに同意してくれました。昔からアイルランドには、隣人同士が協力しあって作業をするならわしがありますが、そのときも、人々が集まってきて作業を始めました。自治体から派遣された考古学者の指導のもと、埋葬された場所を慎重に特定し、柵で囲みました。小さな墓地は急な斜面にあったので、時間をかけてていねいに表面を平らにし、そこに植物を植えました。メアリーの指揮のもと、忘れ去られていた墓地は、自生する植物が周りを囲む、野の花の園に生まれ変わったのでした。メアリーの夫のジョーが、道から墓地へ入るところに小さな木戸を据えました。吟味して選んだ岩に墓地の名を刻んだプレートをはめ込み、そこに置きました。ちょうど作業が進行している間、うちの教区のフィンバー・クローリー神父は、ボストンのある教区を訪ねていて、友人の手助けをしていました。それが、なんと偶然にも、ボブとジムの教区だったのです。そんなわけで、うちの教区とボストンとのコネクションがさらに増えたのです。二〇一五年七月二十四日に墓地に眠る犠牲者を追悼するミサを行うことになり、ボブとジムはミサに参列するため、またイニシャノンにやって来ることになり、わが教区の人々もたくさん集まります。当日はミサで祈りを捧げた後、お茶とお菓子を出すことになりました。教区の人たちがアメリカから訪れている後援者のふたりと話す良い機会になりますし、みんなで飢饉の頃に思いを馳せつつ、「キルパダー飢饉犠牲者墓地」の完成を祝うこともできるからです。お菓子を作ってくれそうな人々に手助けを求め、良い天候になるようみんなで祈りました。お菓子の調達については心配ありませんが、お天気は神のお気持ち次第です。墓地で眠る人たちがとりなしてくれると良いのですが。

二〇一五年の夏は、記憶に残るような良いお天気に恵まれることはなく、七月二十四日金曜日も同様のお天気でした。夜が明けると空は灰色で靄がかかり、雨が降ったり止んだりしていました。メアリーと夫は、ただでさえ墓地の整備に多大な力を注いでいたというのに、この日、雨がやまないときのために、大きな屋形テントを持って来てくれました。丘のふもとに建つ小さな教会跡に祭壇を作ってあったので、その上に張るためです。ふたりはテントをもうひとつ、道路脇の軽食コーナーの上にも設置しました。メアリーがろうそくを入れたランタンをいくつか木にぶら下げ、祭壇の近くの草の上には椅子が何列か並べられました。祭壇の背後の丘では、雨粒をいっぱいにたたえた野の花がきらきら輝いています。午後の静けさを破るのは、すぐ近くのドロームキーンの森でさえずる小鳥の声と、下を流れる小川の心地よいせせらぎだけでした。静けさがあたりを満たし、長いあいだ放置されていた墓地に眠る人々が、そこに存在していることを正式に認めてもらう瞬間を待っているかのようです。

そのうちに、ゆっくりと霧雨があがり、枝を広げる木々の間から青空が見え始めました。エンジン音を響かせた車が次々に細い道をやって来て、すぐそばの空き地へ誘導されていきます。人々は木戸を通って墓地へ入ると足を止め、プレートに書かれた説明を読んでいます。祭壇前の椅子の列はすべてふさがり、坐れない人々は列の両端に立ちました。教区の住民やそのほかの人々が、この特別な墓地を祝福するため、記念すべき機会に集まってくれたのでした。

フィンバー神父がミサを始めると、辺りは静寂に包まれました。その場にいる参列者だけでなく、目に見えない人々もいるように思えます。過去の人々の存在を感じることのできる式典でした。アメリカから訪問したふたりが聖書の朗読を行いました。ふたりは、外国へ向かったおんぼろ船に乗り込んで生き残った人々の子孫でした。地元の子どもたちが共同祈願を唱和しました。この地で飢饉を生き抜いた人々の子孫です。聖歌が歌われ、静かな音楽が流れました。波乱に富んだアイルランドの歴史のもつれた糸と、海を越えて差し伸べられた援助の手が、しっかりと結び付けられました。

ミサが終わると、メアリーが謝辞を述べました。「皆様のおかげでこのような機会を持つことができました」。ボブとジムに、ことのほか丁寧に感謝の言葉を述べると、ふたりは参列しているすべての人に向かって述べました。「このような歴史的瞬間に立ち会うことができて本当に幸せです」。それからいくつかのグループに分かれてお茶と手作りのお菓子をいただきました。教区の住民たちは、ボブとジムの寛大な心に感謝する機会に恵まれて、本当に良かったと喜び合いました。

キルパダーに夕暮れがせまり、人々は村へ帰っていきました。木戸まで来ると多くの人が、丘の斜面の小さな墓地を見るために振り返りました。野の花が咲き乱れる墓地を目にして、このような特別な機会に参加できて本当に良かった、そう思っているようでした。百五十年以上のときが過ぎてようやく、キルパダーの墓地が神の祝福を受け、先祖の骨が聖なる大地で安らかに眠れるようになったのです。みんなそう思って帰宅したことでしょう。

ささやかな丘の墓地には椅子がひとつ置かれました。腰を下ろして、近くの森の小鳥の声に耳を傾けたり、傍らを流れる小川のせせらぎに耳を澄ませたりすることができます。ここでは孤独を感じることはありません。本物の聖なる大地で、亡くなった人々の魂に包まれるからです。

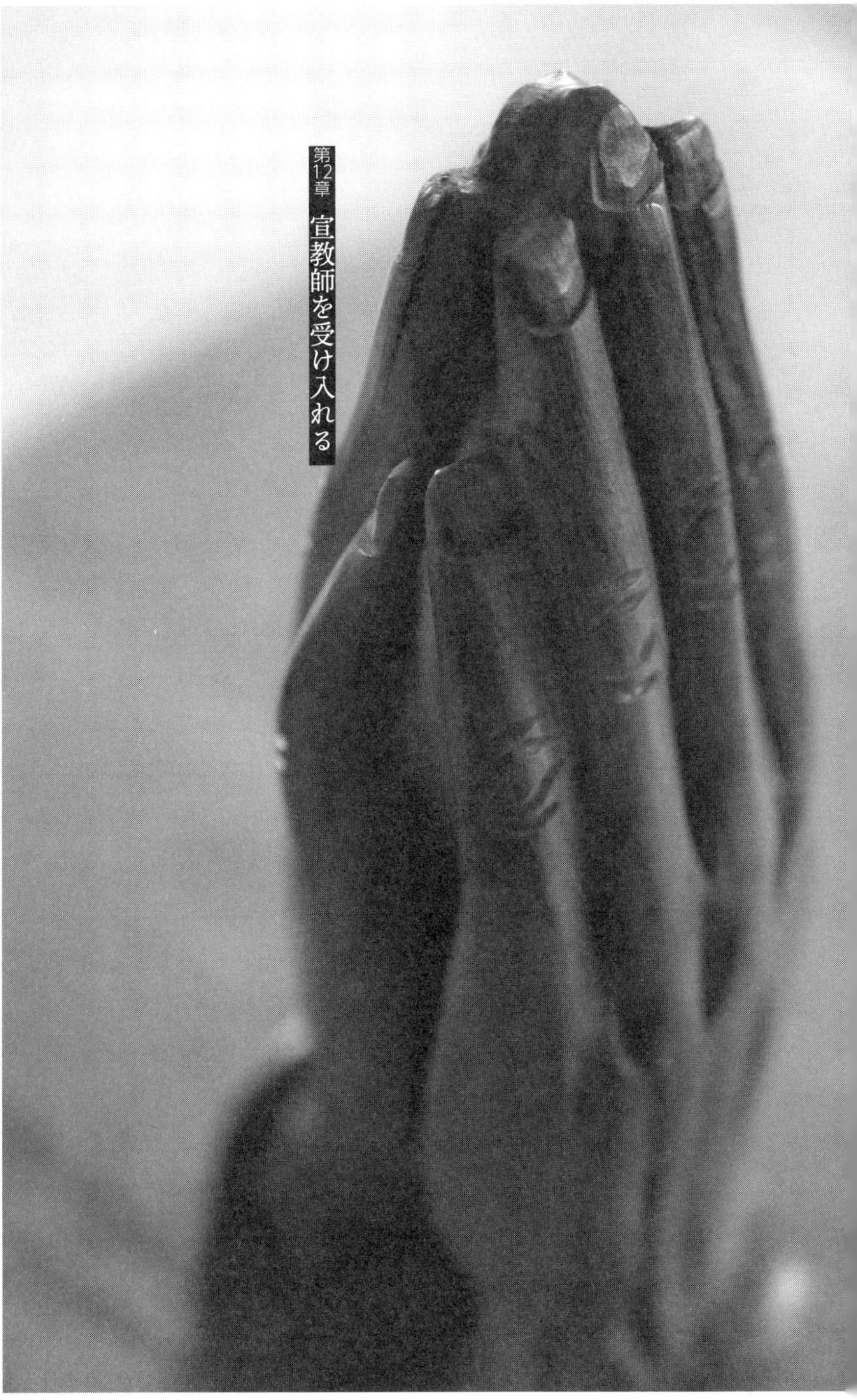

第12章　宣教師を受け入れる

三月、私たちの教区では宣教師を受け入れました。ちょうどよいタイミングでした。それまでの長い間、じめじめとした陰気臭い冬を過ごしていたからです。まるで、周りの地面と同じように、私たちは完全に消耗し、春や夏にしなくてはならない作業に向き合うのに必要な養分を使い果たしていました。新しい成長を促してくれる神の恵みや心の栄養、それにお天気の良い日々が大いに必要だったのです。不思議なことに、宣教師を受け入れるのと同時に雨が止み、きらきら輝く春の陽ざしが湿った大地を乾かし、私たちの足取りに再び活力を与えてくれました。昔は、年に一度宣教師を受け入れることは、そう簡単ではありませんでした。「ただひとつの正しい道」を踏み外してしまった人々にとっては、宣教師とは、自分が地獄へ落ちることを思い起こさせるものに思えたからです。それが今では、心を浄化するものとして、また、新しい季節の始まりを告げるものとして受け止められています。きちんと計画された植物の植え付けのように、必要な種は秋のうちに植え付けられているのです。ちょうど翌年の春に、ふたりの宣教師に来てもらえるよう、教区会が手配していました。ちょうどガ

―デンプランナーにいろいろな人がいるように、宣教師にも様々な人柄の人がいます。私たちの魂を揺さぶり、勇気を与えてくれるような宣教師に来てほしいと思います。退屈な宣教師に、心の成長を妨げられるのはごめんです。私たちはパンを水の上に投げ、ときが何を運んでくるのか、待つことにしました。[*2]

宣教師を正式に受け入れるひと月前、まずひとりが教区に到着しました。ふたりのうちのひとり、レデンプトール会[*]のブライアン修道士です。かつてレデンプトール会は、最悪の「業火と雷鳴の伝道団」と呼ばれていました。アイルランドの各地にたいへん厳しい宣教師を派遣していたからです。けれども今はすっかり様変わりし、会は生まれ変わりつつあります。今のところまだ、生まれ変わりの厳しい苦しみを味わっているようですが、それでも、ゆっくりと新しい会が現れてきているのがわかります。新たに生まれた会がどのようなものに成長するか、俗人にも聖職者にもまだわかりません。

＊1　造園の企画や提案を行い、施工や管理まで請け負う職業。ガーデニングをする人々から相談を受けたり、助言を行ったりもする。

＊2　『旧約聖書』の「コレヘトの言葉」第十一章第一節に「あなたのパンを水に浮かべて流すがよい。月日がたってから、それを見いだすだろう」とある。ここでは、「今できる善を行い、その報いを楽しみに待つべき」という意味。

＊　一七三二年にイタリア人の司教、聖アルフォンソ・デ・リゴリが設立したカトリック教会の男子修道会。

先発員として到着したブライアン修道士は若く真面目な青年で、私たちの意見や提案に耳を傾けてくれます。これは幸先がいいわ、そう感じました。しかし、その人には頑固な一面もありました。実はうちの教区にはカトリック教会とアイルランド聖公会の教会があり、お互いに「あの人たちと私たちは別だから」と考えています。それで夜のミッション*は、向こうとこちらで交互にしてもらえばいいと軽く考えていました。ところがブライアン修道士は、夜のミッションは一方の教会でおこなうと強く言い張りました。交互にするなど混乱するだけだというのです。両教会のコミュニティー間で調整を図るため、午前のミサを両方の教会で、別々の時間帯におこなうことになりました。夜のミッションはカトリック教会だけでおこない、午後七時三十分に開始します。そしてここでは朝のミサは午前七時に始めます。カトリック教会に通う住民たちは、平日の間ずっと午前六時半に起きなくてはなりません。これで、聖公会の教会に通う人々の不満も、少なくなるでしょう。一方、聖公会の教会に通う人々は午前九時半まで寝ていることができ、その後、そちらの教会では病人のための癒しのミサを行います。こんな風にすることで、住民のほとんどが、ある程度は満足したのでした。

＊　キリスト教の宣教活動のこと。

近ごろは宣教師になるには、何かと多才でなくてはなりません。ブライアン修道士がどんな才能を発揮してくれるのか、一週間かけてみせてもらうことになります。教区のことは住民がいちばんよくわかっているとブライアン修道士は考えていたので、ミッションのテーマを何にするかは、私たちに任されました。全体のテーマは「歓迎の気持ち」にすることになりました。前の週に、うちの教区のフィンバー神父が、むかし教会に通っていたある男性に会っていました。そのことからヒントを得て、このテーマにすることになったのです。男性は長年の自分の生き方を後悔していて、慰めを求めて神父の元へやって来たのでした。フィンバー神父は男性になぐさめの言葉をかけ、教会に来たくなったらいつでも戻ってくるようにと諭したのでした。ところが男性はこう言ったのです。「いえ、教会に行くなんて無理ですよ。あまりにも長い間遠ざかっていましたから。歓迎されるとも思えませんし」。そんなわけで、この男性のおかげで、ミッションのテーマが定まったのでした。そのほかに私たちが取り組みたいと考えているテーマは、「癒し」、「希望」、「許し」、「家族」、それに「コミュニティー」でした。人生にこういったことを求めない人など、いませんよね。

宣教師がやって来ることを、どうやってみんなに伝えるかが問題でした。いつも教会に来ている人たちは何の問題もありません。どのみち来てくれるでしょう。彼らは多年生植物みたいな存在です。堅実で頼りになり、すべきことをきちんとやってくれ、何事も最後までやり通します。ところがうちの教区には、他のどの教区にもいるような、特別なときだけ教会にやって来る一年生植物もいるのです。それに、どちらでもない珍しいタイプで、しだいに色あせて消えてなくなるかと思えば、突然ぱっと花を開くような、つかみどころのない人たちもいます。この機会にはすべてのタイプの花に集まってもらいたいと考えています。成長を促す肥料を宣教師から与えてもらわなくては。肥料を与えれば、庭の植物は見事に成長しますから。シスター・スタン*が言うように、宣教師は魂を耕してくれます。

＊　スタニスラウス・ケネディ。一九三九年、ケリー県ディングル半島生まれの修道女、社会運動家。

私たちは小さなパンフレットを印刷し、そこにいろんな想いを載せました。作る際、ミケランジェロが描いたシスティナ礼拝堂*の天井画『アダムの創造』から大きなヒントをもらいました。神の指先とアダムの指先が今にも触れそうなあの絵画です。パンフレットには、歓迎の握手のイラストを描くことを思いつきました。そしてパンフレットを教区のすべての家庭に一部ずつ配るという計画を立てたのです。

＊　バチカン市国のローマ教皇庁内にある礼拝堂。

教区には、住民の素晴らしいネットワークがあります。うちの教区には二十以上の巡回教区があり、それぞれの巡回教区の中にはいくつもの小区があります。年に一度、各々の巡回教区のひとつの家庭でミサが行われ、近くの住民が参加しますが、ミサを主催する家庭は準備をすべて整えることになっています。パンフレットの束を二十以上ある巡回教区に届けておけば、そこから各家庭に配ってもらえます。ある晩、パンフレットを配る準備のため私たちが教会に集まると、聖歌隊が歌の練習をし、礼拝堂では常時聖体礼拝*1が行われていました。つまり、いつものメンバーがみんなその場にいたのです。私たちのミーティングが終わるまでは、パンフレットの束が教区内のすべての家庭に届けられる手はずが整いました。宣教師を受け入れることをみんなに知らせるため、大きな看板を作り、歓迎の握手を描いてミッションの日時を記し、教区中の目立つ場所に立てました。詳細はフェイスブックに書き込まれ、ツイッターにも投稿されました。イエス様がお元気だったころとは時代が変わりましたね。あの頃はイエス様が舟の中に坐ったり、山の中腹に腰を下ろしていたりすると、人々が集まってきたものでした。[*2] そのイエス様が私たちに助言してくれたのです。「パンを水の上に投げよ、あとはじっと待っていれば良い」と。私たちはこの助言に従いました。

ミッションが始まる前の日曜日、ブライアン修道士が私たちの気分を盛り上げるため、教会にやって来ました。そのとき、彼が聖歌隊の活動に参加したがっていることがわかりました。彼は歌がうまいのです。これはとても良いことでした。歌は人々の気分を盛り上げますから。そして初日の夜、ミッションの開始に合わせてもうひとりの宣教師が到着しました。ベルファスト出身のケビン修道士です。ブライアン修道士より年上で、痩せていてもっとひょうきんな人でした。日が進むにつれ、ふたりとも調子をつかんでいくようでした。一方で

＊1　聖体（聖別されてキリストの体となったパン）のうちに現存するイエス・キリストに捧げる祈り。

＊2　『新約聖書』の「マルコによる福音書」第四章第三十五、三十六節に、イエスが「向こう岸に渡ろう」と弟子と共に舟に乗られた、とある。また第六章第四十六節には、祈るため山へ退かれた、とある。

私たちには、ふたりが大変有能であることがわかりました。最初の晩に、ふたりは若者たちに「朝七時三十分開始のミサに参列すると、プレゼントがもらえるよ」そう告げました。私たちは、こんなことで効果があるのかしら、と思ってしまいました。それが、ふたりの修道士は、若者をミサに参列させるという難題を見事に解決したのです。翌朝のミサの後、大勢の若者たちが中央通路をぞろぞろと進んでいきました。素敵なリストバンドをもらい、みんな喜んでいました。どうやら若者の間で流行しているリストバンドのようでした。次の朝のミサでは、若者の人数が倍に増えていました。え、これじゃあ賄賂ですって？　ええそうかもしれません。でもね、罪のないものですし、なにより効果が出ていますよね。ふたりの修道士は人々にメッセージを伝えるのが本当にうまく、機知にとんだ言葉を駆使して、手際よく神聖な教えを説きました。教区の人々はふたりの話を喜んで聞き、日がたつにつれ聴衆の数はどんどん増えていきました。とりわけ早朝のミサが人々を引き付けたのは、ちょっと意外でした。

その週は、素晴らしい瞬間が何度もありました。ある晩には、参列者全員が立ち上がって小学校の方向を向くことを求められました。この学校は通りを挟んで教会のすぐ西側に立っています。そして全員が片手をあげ、村の子どもたちのために祈りを捧げました。そのあと教会の後ろのドアの方を向いて、私たちの先祖のために祈りました。何十年もの長きにわたり、先祖の方々はそのドアから教会に入り、ここで祈りを捧げていたのです。私の心の中には、ジャッキーおじさん、ペグおばさん、夫のゲイブリエル、いとこのコン、それに姉のエレンが浮かびました。かつて、みんなこの教会で祈りを捧げたのです。参加していた人はみな同じ思いだったことでしょう。教会の周りの墓地で眠っている、自分の家族を思い出していたのです。それから私たちは祭壇に向き直り、この教区で働いてくださった、数多くの司祭のために祈りを捧げました。神秘的で感動的な祈りでした。

「許し」をテーマとした晩は、出だしからとてもうまくいきました。ケビン修道士がフランク・オコナー[*1]の「はじめての懺悔」を語って聞かせてくれたのです。彼はラジオのイギリス国営放送の大人向け番組『お休み前の一冊』に出演できるほど朗読がうまかったので、参列者の上にさざ波のように笑いが広がりました。私たちの教会でこの数年経験したことのないような、歓迎すべき変化が現れてきたようでした。「ゆるしの秘跡[*2]」は罪の告白ではなく、神との「和解」とみなされるようになりました。「和解」という言葉がすべてを物語っています。昔は「ゆるしの秘跡」を得るためにかび臭い告解室に入ると、司祭が柵の向こうから看守のようにじろりとこちらをのぞき見たり、真っ黒なカーテンの隙間から、審判を下そうとしている人物の顔が現れたりすることがありました。そんなことを覚えている人もいるでしょう。もう、そんなことはありません。今では心地よい音楽に合わせて、教会でワルツを踊ることもあるのですから。

＊1　一九〇三年～一九六六年。コーク市生まれの作家。「はじめての懺悔」は、七歳の

20
16

少年が、恐れおののきながら初めて懺悔を行うというコミカルな作品。『フランク・オコナー短篇集』（岩波文庫）、『アンメラへの長い道』（未知谷）に収録されている。

＊2　カトリック教会の七つの秘跡（神の恩恵を信徒に授ける儀式）のひとつ。人が罪を司祭に告白することで神のゆるしを得て、神との和解を与えられる。

「コミュニティー」がテーマの晩も感動的でした。みんなで教会の中をぐるりと見回して、コミュニティーとはつまりこういうことだ、そう気づいたのでした。コミュニティーとは、互いに支え合い、一体感を感じることなのです。そのときジョン・ダン*の詩が、私の頭から離れませんでした。

誰れ一人として、自己充足的な孤島ではない。
全ての人間は大陸の一部であり、
本土の一部である。

湯浅信之訳、「不意に発生する事態に関する瞑想」試訳（IV）

＊　一五七二年〜一六三一年。イギリスの詩人、英国国教会の聖職者。「不意に発生する事態に関する瞑想」試訳（IV）は『英米文学研究』第三十五号より。

教会という建物の中だけが教会ではありません。教会は外へも広がっているのです。これが、ミッションの最後のメッセージでした。

ミッション最終日の朝、私は教会の入り口である若い隣人に会いました。「私ね、無理やり連れてこられたんです」その人はそう言いました。「え、誰に?」と私。「ぼくだよ」彼女の七歳になる息子が声を上げました。「だってね、クラスの男子はみんな来てるんだよ」。「ああ、私もすべてに参加したかったわ」少年の母親は、周りの人々を見回してそう言いました。「みんな、生き生きしているもの」

私たちの教区には学校が四つあります。その日遅く、村はずれの学校の若い先生に出会うと、彼はちょっと意外だという風にこう言いました。「今週、うちのクラスではミッションの話で持ち切りでしたよ。すごく楽しいってね」。その話を聞いて、教会に昔ながらの説教台を持ってきて、そこで宣教師に話をしてもらえば良かったと思いました。子どもたちが興味を持ったかもしれませんから。でも、古風なものを見せて興味を引く方法は、今では流行らないのかもしれませんね。ともあれ一週間が終わると、参加した人はみんなとても満足していた、関係者全員がそう感じたのでした。

私はそのあとも、神の言葉がいろいろなところに現れるのを目の当たりにしました。その週が終わるころ、子ども時代から教会に足を踏み入れたことのないある男性にこう言われたのです。「あのミッションってやつは、子どもたちにはすごくいい経験だったろうね」。「どういうこと?」と私。「人生でひでぇことが起こったとき、俺たちには支えになるものが必要だ。そんなとき、ミッションの経験が支えになるってことさ」。また、教会に通うことにまったく興味がない、本好きなある友人に偶然出会って声を掛けたときのことです。「今は何を読んでいるの?」。驚いたことに、その人はこう答えたのです。「『神との対話』*を読んでいるところ」。「え、神との?」思わずそう言ってしまいました。「そうよ。ニューヨーク・タイムズ紙上でベストセラーになっているわ」

＊　一九九五年にアメリカ人の作家ニール・ドナルド・ウォルシュが執筆し、ベストセラーとなった本。二〇一七年までにシリーズ十冊が出版された。邦訳はサンマーク出版から出ている。

きっとイエス様は舟を降り、山を下ってこられたに違いありません。

第13章　本に埋もれて

THE CIVIL WAR
THE MILL'S LIFE
Flora Chorca Dhuibhne
TREE
The Compleat Angler
GUERILLA DAYS IN IRELAND
BRIGHT LIGHTS WHITE WATER
FAMILY GUIDE TO Alternative Medicine
THE TIMES
GEOGRAPHIA ATLAS OF THE WORLD
COLFER
HERBS
FLIGHTS OF IMAGINATION

昨日ウォーターストーンズ書店[*1]に出かけ、入り口から中へ入ろうというとき、心の中で祈りました。「ああ神様、買わずにいられない本に出会いませんように」。けれども神は祈りを聞いてはくれず、書店を出るとき私は二冊の本を手にしていました。本を買うのが楽しくない、というのではありません。わが家が、大量の本ではちきれそうになっていることが問題なのです。そんな状態になったのは私ひとりのせいではないし、一晩でそうなったのでもありません。私の夫はアイルランド語についての本や『マジック・パワー・オブ・ザ・マインド[*2]』のシリーズ、様々なスポーツの関連書、それに日曜大工のための分厚い指南書などを大量に集めていました。私はその夫に、本を買い集めるよう巧みに誘導されたのです。もしあなたが、ここに上げたテーマについて知りたいと思っているのなら、望みは必ず満たされますよ。関連書は無限にありますから。

＊1　イギリスの大手書店。アイルランドにも店舗を数件構えている。
＊2　アメリカ人作家ウォルター・M・ジャーメイン（一八八九年～一九六二年）が執筆

した超心理学の本。

私たち夫婦が共に過ごした長い年月の間、私が新しいことを始めたり、何かに関心を持つようになったりすると、それに役立つ本を夫が持っていないことは、まずありませんでした。万が一うちにないときは、すぐに夫が買ってきたものでした。夫はまた、読書会に参加するのが大好きでしたが、抵抗できないほど魅力的な読書会が常にいくつもあり、リストを作っていたほどでした。うちには壁が隠れてしまうほど多くの日曜大工の本がありますし、ガーデニングの本は、床一面を覆うくらいあります。それなのに、夫は革装の百科事典も一式買い込みました。家に運ぶのにたくましいポニーが一頭必要なくらいの重さでしたが、子どもたちが読み書きできる年齢になると、事典はどの子の求めにも同じように応えてくれました。

だだっ広いわが家には、そんな本たちが家じゅうの棚の中に身をひそめています。ときどき取り出されて目を通されることもありますが、ほとんどの場合、本は黙ったまま埃をかぶっています。本とは癒しを与えてくれる同居人のような存在です。落ち着いて棚に腰かけていますが、周りにどんどん友人が増え、自分たちのスペースが広がっていくのを眺めて、いかにもわけありげに微笑んでいるようです。

問題をさらに悪化させるように、本好きのいとこがうちに住むことになり、時がたつにつれ、わが家のいくつかの部屋を本だらけにするのに手を貸してくれました。彼は科学と歴史、養蜂についての本、それにアンティーク本が大好きで、初版本を探してよく古本屋を見て回っていました。いとこはうちに住んでいた長年の間に、古びてぼろぼろになったカプチン会*の年報までも集めていました。しかも、正確な順番にきちんと並べて保管していたのです。

＊　カトリック教会の修道会のひとつ。年報は一九三〇年から一九七七年まで。

読書好きだった夫といとこは、何十年もの長きにわたり本を買い続けた後、想像を絶するほど膨大な数の本を残したまま天国の図書館へ昇っていきました。女性はたいてい男性より長生きするけれど、その理由のひとつは、女性が残されればきっと後片づけをするだろう、全能の神がそうお考えになっているからではないか、私はそういう結論に達するのでした。(少々生意気なうちの息子の考えでは、男が先に死ぬのは、神は女を出発ロビーに引き留めておかれるからなのです。そうすれば、女が天国の門にたどり着く頃に歳を取りすぎて気力がなくなって、神を悩ますこともないだろうから、というのです。ええもちろん、こんなの男の勝手な憶測ですけれど。)

ただ、私を悩ませているのは、男性だけではないのでした。毎年冬をわが家で過ごしていた姉のエレンは、心と身体というテーマ、それに一九一六年の復活祭蜂起*1にのめり込んでいました。「アイルランド共和国樹立の宣言」を額縁に入れてベッドの足元に置いていたほどです。姉はこのふたつのテーマの関連書を大量に集めていました。また、わが家にはプロテスタント支配階級出身のある上品な婦人が十数年間住んでいました。その人はモリー・キーン*2の本を集めていました。姉もこの女性も相当な読書家でしたが、うちに本を残したまま天国へ旅立ってしまいました。今では、本たちと私だけが残されました。どうしたらいいでしょう。

＊1　一九一六年の復活祭の翌日にダブリンで起こった、イギリス政府からの独立を目指した武装蜂起。蜂起軍はダブリン中心部にある中央郵便局などを占拠し、「アイルランド共和国樹立の宣言」を読み上げ、独立を宣言した。数日後にイギリス政府軍によって鎮圧され、指導者の多くが処刑された。

＊2　一九〇四年〜一九九六年。アイルランドの作家、劇作家。

マーフィーの法則＊というものがあります。「起こる可能性のあることは必ず起こる。しかも最悪のタイミングで」法則はそう言い切っています。はたして、法則が述べているとおり、本の問題が解決していないというのに、わが家の屋根から雨が漏り始めました。正直なところ、それほど驚きませんでした。というのも、古くなったわが家の天井から、もう何年も前から雨が染み出ていたからです。けれども、雨粒が落ちてくる位置に器を置くだけではとても間に合わなくなり、思い切った手段を取ることが必要でした。おまけに、やらなくてはならないのに、何年もほったらかしにしていることが他にもありました。ついに私は決心しました。「ようし、この際、あれもこれも全部やってしまおう」

＊　「失敗する可能性のある事柄は必ず失敗する」など、人生には不都合なことがなぜかしばしば起きてしまう、とする経験則。

施工業者に家の修理をしてもらうのは結構大変なことですが、それが、大掛かりな作業をしてもらうとなると、神経をすり減らすようなことになりかねません。さて業者の人たちが入って来る前に、本を移動させなくてはなりません。彼らが泥だらけの長靴でドタドタ歩き回るだろう部屋には本がどっさり置いてあるし、間仕切りを取り払うことになっている部屋も本だらけだからです。何年ものあいだ棚の上から静かに微笑みかけてくれた、古くからの友人たちには、心地よい座席から立ち退いてもらわなくてはなりません。本をすべて箱の中に入れて、業者の攻撃が及ばない場所に、一時的に積み上げておかなくてはならないのです。

こうして本たちは、階級や信条や性別をまったく配慮されることなく、箱に詰められたのでした。パトリック・ピアース*がペネロピー・ホブハウスと同じ箱に詰め込まれ、重厚なサミュエル・リーバイスがきわどいジリー・クーパーと同居しています。箱がたくさん積み上げられたのを眺めつつ、私は、本たちにも天国にいる元の所有者にも請け合ったのでした。「いつかみんなをこの状態から助け出すわ。それぞれに似つかわしい場所を選んで、そこに入ってもらいますからね」

＊　一八七九年〜一九一六年。アイルランドの民族主義者、詩人、作家、教育者。ペネロピー・ホブハウス（一九二九年〜）は、北アイルランド生まれの著述家。ガーデニングについての書籍を数多く出版している。サミュエル・リーバイス（一七八二年〜一八六五年）は、イギリスの編集者、出版者。イギリスとアイルランドの詳細な地図や地形学事典を出版した。ジリー・クーパー（一九三七年〜）はイギリスのロマンス小説の作家。

業者の人たちが出入りするようになりましたが、私の精神がおかしくなることはありませ

んでした。それでも予断を許さない状況になったことが何度かありました。そしてついに静かな平和が戻り、屋根からガンガン響いてくるハンマーの音で目を覚ますこともなくなりました。家の改修工事をするとよくあることですが、修理した後の勝手になじみ、いつものことを普通にできるようになるのに時間がかかりました。少しずつ、あらゆる物がふさわしい場所に納まっていきました。本だけが残され、整理されるのを待っていました。その日が来るのを心待ちにして、じっと待機しているのです。ときどき、勇気を奮い起こして箱が積み上げられた部屋に入っては、本たちに言い聞かせました。「いつかきっと、その日が来るからね」

本を整理しなおすのは、心が落ち着いているときに行うべき、マラソンのような長い作業です。私は本をきちんと整理して本棚に並べるのを先延ばしにしていました。つまるところ、整理しようという気持ちになるいちばんの理由は、何かを調べたいと思ったり、お気に入りの詩を読みたいと思ったりしても、本が箱の中にうずもれていてイライラしてしまうことかもしれません。それでも、わが家には本を置く場所がないのです。とりわけ、長年親しんできた本を整理したいというのに。そこで、少なくとも箱の中での並べ替えだけはして、規律と秩序をもたせることにしました。何かを完璧にやろうとすると、何も達成できなくなることがよくあります。目標が高すぎると、達成するのが難しくなり、やる気がくじかれてしまうからです。

とうとう、お天気の良いある日、体中の血が頭にのぼる気配がしました。やってしまわなくては。不意に、心がそう命じたのです。第一に必要なのは、家を建てるときと同様、場所です。そして次に、棚板です。これはかなりたくさん用意しなくてはなりません。最後に、棚板を取り付けてくれる男性が必要です。家の改修をしたとき、二階の廊下のつきあたりにアトリエを作っていました。天井が高くてまっさらな壁があります。ここならきっと、本棚を作りつけるのにちょうどいいわ。

私は計画の次の段階へ進みました。大工仕事が得意な息子をその壁まで連れてきたのです。「この壁、崩れないだろうね？」と息子。「コンクリートかい、それとも石？」。「棚受け用の金具を付けても大丈夫かな？」。「本の重さで金具が落ちやしないだろうね？」。「ドリルで深い穴をあけても平気？」。「壁は湿っていないよね？」。質問が止まりません。男とは、問題を見つける生き物です。でも女は、解決方法を見つけるのです。私たちはついに合意に達しました。私がしっかりと口を閉じ、余計なことを言わなかったからです。本当は口を開いて大声で言いたいことがあったのですが。黙っているのが都合がいいときがありますが、そのときが、まさにそうでした。

大工仕事が得意な息子は夜勤の仕事をしていました。それで私に、注文すべき品が書かれた、長々とした細かいリストを寄こしたのです。ここでちょっとした問題が生じました。世界はセンチメートルとメートルの尺度を使うようになっているというのに、わたしアリスは、いまだにフィートとインチを使っているのです。けれども、若くて辛抱強い店員さんの助けを借りて、必要なものをすべてそろえることができました。きっと店員さんにも、メートルとフィートで混乱しているおばあちゃんがいるのでしょう。さて、いちばん下は大きな棚板にして、ずっしりと重い本を置くことにしました。上の棚になるにつれて、乗せる本も薄くしていきます。そうしておけば、もし棚が突然落ちたとしても、下敷きになって命を落とす危険はありません。

長さと幅が異なる棚板が数十枚、いろいろなサイズの棚受け用金具、それに、壁に張り付ける鋼の板が配達されてきました。これで材料はすべてそろいました。遠い昔、私の父はポケットにねじや釘をたくさん入れてクリーム加工所から帰ってきたものでした。荷馬車には長い木の板が何枚も横に渡しかけられてゆらゆら揺れていて、うちのせっかちな大工が二階に運んでくれるのを待っていました。父はハンマーとのこぎり、定規を腰袋に入れ、おまけにかんしゃくを身にまとっていました。これから、頑固な石の壁に穴をあけるという面倒な作業が始まるのでした。父にどこまで深い穴をあけさせるか、壁には自分なりの考えがあるようでした。棚受けを作るために、壁の石と石の隙間に固い木の板を挟んで手斧の柄で叩き込むという手段を取ることもありました。作業をしているうちに、父の中にいらだちの泉が沸き上がってきました。それが原因で、ふいに父の口から、想像を絶するような汚い言葉が勢いよく飛び出しました。周りの木材に火がつきそうなすさまじさでした。天上のあらゆる聖人を呼びつけて、丁寧とは言い難い文句で手助けを頼みます。神ご自身でさえ、父の良からぬ言葉から逃れられないのでした。糸のこで切っておいた板がほんの少し短いだけで、気の毒にもその板は「尻軽女の息子」という意味の、口にするのもはばかれる言葉で罵られました。そうするあいだ、父の頭から帽子が脱げそうになり、額には玉のような汗が噴き出ていて、もたつくワイパーがフロントガラスをなめるように、舌が口の周りを動き回っていました。そばでは娘たちがびくびくしていました。用事を言いつけられたときのために控えていたのです。言いつけられたらただちに動くことが何よりも大事でした。でなければ、自分めがけて定規が飛んでくるからです。

私の父から名前を取った息子はまったく対照的な性格で、すぐに部屋から出て行くようにと私に告げました。口うるさい母から横やりが入ることのない、静かな環境で作業を進めたかったのでしょう。いちどそっとのぞいてみると、床から天井まで壁いっぱいに張り付けられた、薄く細長い鋼の板が見えました。電動ドリルや電動ドライバーがウィーンと音を立てています。私の父の時代に、手斧の柄で板を叩く音が響いていたのとは大違いです。作業工程でうまくいかないことがあっても、あるひとことが繰り返し聞こえてくるだけでした。最近ではイライラを解消する言葉は、このひとことだけになってしまったように思えます。天上のありとあらゆる聖人も、何十人もの下品な尻軽女も、呼びつけられることはもうありません。

やがて作業がすべて終わると、本を置くための棚がずらりと並び、まるで国立図書館みたいになりました。けれども、本を正しく配置したり、検索システムで調べてくれたりする司書もアーキビスト*もいません。本の箱の前にいるのは私だけです。しかも、本が入っている箱って、信じられないくらい重いのです。そこで、腕力の強い男性をおだてたり脅したりして、家じゅうに置いてある本の箱を、永住の地となる二階のこの場所に運んでもらったのでした。

＊ 公文書を収集、査定し、閲覧できる状態で保存、管理する人。

さていよいよ、長い整理を開始しました。実際、何週間もかかりました。というのも、どの本を取っておいてどれを慈善団体に寄付するか、重大な決断を何度もしなくてはならなかったからです。何時間もあれこれめくっているうちに、しおりの代わりに挟んでおいた古い手紙や写真が何枚も出てきました。そして長時間床に坐っていたことで、素早く立ち上がる力がずいぶんと衰えているという、がっかりするような現実にも気づかされました。ああ、ヨガをやめなければよかった。そこでちょっと頭を使い、坐り心地の良い古びたロッキングチェアーを本棚の前に持ち込みました。都合のいいことに、椅子を前に傾ければ楽に立ち上がることができます。リサイクルショップから救い出してきて愛情をこめて修理した椅子ですが、これで十分に元が取れました。

本を棚に移す準備が、ようやく整いました。欲しい本を見つけるのに何時間もかかることのないように、系統立てて並べます。並べるのには長い時間がかかりました。すでに棚に置いた本の連れで、失くしてしまったと思っていたものが後になって出てくるたび、一度並べた本のあいだの隙間を広げていたからです。それでもしだいに、秩序をもった分類らしきものが現れてきました。完璧な分類に百パーセント成功したとは言えませんが、それでも少なくとも、うちの本全体に秩序と法則がもたらされました。これで欲しい本を見つけるのに、数時間かかることはもうなくなり、数分で済みそうです。

本でいっぱいだった床がからになり、棚が本でいっぱいになると、本たちが私に微笑みかけているように思えました。私は達成感に満たされていました。天国にいる、本の所有者たちも笑顔になっていると思えてきます。本とは、自分の一部だと思います。南のドロームキーンの森を向いた窓から太陽の光が差し込んでいるとき、私はこのロッキングチェアーに腰かけます。そして本を一冊手に取り、ゆっくりとページをめくるのです。むかしこの家に住んでいた、本を愛する賢い故人たちに感謝しながら。

第14章 見果てぬ夢

「金曜の夕方は、日が暮れる前にベアラに到着しなくちゃね」私は娘に言いました。「でもどうして？」娘が面白がるように続けました。「車にライトがついているってこと、知らないの？」。「ライトがあってもなくても」きっぱりと娘に言い聞かせます。「キャスルタウンベアからアリヒーズまでは、険しい山道だから。それに幹線道路から外れたら、センターまでの急な坂道を上手に下っていかなくちゃならないし。路面が凍っているかもしれないわ。この時期だもの。つるつるの山道をスピンしながら滑り降りてあの世行きになっちゃうかも。バントリー湾の魚の餌になって人生を終えるなんてごめんですからね」。「心配しないで」娘が陽気に答えました。「暗くなる前には到着するから」

ゾクチェン・ベアラ仏教センターを訪れることは、もう長い間「死ぬまでにやりたいことリスト」に入っていました。私はまた、クララ会修道院のシスターたちの暮らしぶりにも興味を持っています。あのような静寂の中で祈り続ける生活に、どうやって耐えているのか知りたいのです。それから、ケリー半島の沖合に浮かぶ、小さな岩だらけの孤島スケリッグ・マイケルを訪れて、修道士たちに思いを馳せたときも、同じ気持ちを抱きました。彼らは石を積み上げて造ったハチの巣のような住居で生活し、あの美しくも荒涼とした島であらゆる天候を耐え忍んでいたのです。あのような場所でどうやって生きていたのでしょうか。何か秘密の方法があったのでしょうか。塀に囲まれた修道院で暮らすクララ会のシスターと、スケリッグ・マイケルの修道士との間に共通する点はといえば、瞑想しか思いつきません。瞑想がカギなのでしょうか。

私は日々の暮らしにかまけて、情報を集めたり調べたりしていませんでした。子育てと家業で手一杯で、何もできなかったのです。何年も後になってようやく、この秘密をひも解く旅をまた始めたのでした。イニシャノンの私の教区にはロズミーニ会*の修道院があり、そこでは特別な配慮が必要な成人の介護が行われています。ロズミーニ会は、ウォーターフォード県グレンカメーラにも介護施設を持っています。そこはスライヴネイモン山のふもとの美しい谷間です。幼い頃、父のお気に入りの歌が『スライヴネイモン山』でした。父は音楽のセンスがまるでなかったため、歌うというより唱えていたのですが、そうすることでメロディーの美しさが損なわれるのではなく、むしろ際立ったのでした。だから、スライヴネイモン山のふもとのロズミーニ会の施設で行われる、週末の修養会に参加しないかと友人に誘われたとき、私はこの絶好のチャンスに飛びつきました。これで、収支のバランスを取ろうとしない貸借対照表《バランスシート》からも、反抗期の息子たちからも逃れることができます。すべてから離れ、静かな谷間で週末を過ごすなんて、まさに夢のようでした。

＊ 一八二八年にイタリア人の司祭アントニオ・ロズミーニが設立したカトリック教会の修道会。

週末の修養会は、イエズス会*の若く聡明な修道士が指導してくれました。彼自身も、瞑想で得られる心の平安を楽しんでいることがよくわかりました。その人によれば、心とは、キーキー騒ぐ猿が群がっている木のようなものだといいます。猿を静かにさせるには、自分の気持ちを静めるしかありません。大声を出して猿を鎮めようとしてはならないのです。週末に瞑想をしたことで、散らかっていた心の中が洗い流され、両肩の上にあったしこりが和らぎ、帰宅したときには穏やかな目で世の中を見ることができるようになっていました。でも残念ながら、手にしたばかりの心の落ち着きは、そう長くは続きませんでした。心の落ち着きを取り戻す秘訣は瞑想だとわかっていたので、毎日なんとかして瞑想をしようとしました。それが、日々の生活に忙殺されて時間を割くことが難しくなり、瞑想をしたりしなかったりするようになっていきました。瞑想というシンプルな行為を行うのは容易ではないということがわかってきました。自分のために良いとわかっていることがあるのに、しなくてはならない別のことを優先してしまう、私たち人間にはそういう性質があるに違いありません。

＊ 一五三四年にスペイン（バスク）人のイグナチオ・デ・ロヨラやフランシスコ・ザビ

エルらによって設立されたカトリック教会の男子修道会。

次の瞑想の機会が巡ってきたのは、幼きイエスの聖テレジア修道会のとても穏やかなシスターが、うちの教区のロズミーニ会の修道院を手伝うためにやってきたときでした。その人は瞑想を大変重視していたのです。一緒に瞑想しましょうと、私たち数人が誘われ、毎週集まることになりました。無知な私は、グループで瞑想するなんて意味がないと思いました。瞑想はひとりでするものだと思い込んでいたからです。私は完全に間違っていました。毎週グループで集まることで他の人とつながりを保つことができたのでした。日々の生活が忙しく瞑想が後回しになっても、少なくとも週に一度は自分の心と向き合うことができました。ダイエットのためのエクササイズクラスみたいなものです。おかげで私は瞑想を続けることができたのでした。

数年が過ぎた、六月のあるお天気の良い日、ベアラ半島へ行こうとふたりの友人に誘われました。キャスルタウンベアからアリヒーズまでの標高の高い山道を運転していくと、「ゾクチェン・ベアラ仏教センター」と書かれた青い看板が目に入りました。看板は崖のてっぺんを指していて、私たちはその方向へ車を進めました。世界の果てへ運転していく気分でした。まもなく、美しいのぼりが風に揺れているのが見えてきました。道端の生垣に沿ってバチカンのスイス衛兵のようにすっと立っていて、私たちを急な下り坂へと導いています。崖の上に棚のように張り出している岩場に到着すると、絶壁のちょうど先端に小さな礼拝堂のような建物があり、岩にしっかりとしがみついているように見えます。そこを目指して木造の階段を上っていくと、外に張り出したポーチに出ました。いろいろな靴が散らばっているのを見て、裸足になるのだと気づいて靴を脱ぎました。建物全体が静かで安らいでいるようで、私たちもいつのまにか黙り込んでいました。

その部屋がどんな様子かあらかじめ聞いていたとしても、実際に中へ入ると、息をのむほどの感動を覚えます。海と太陽が目の前に迫ってくるのです。自分自身と海を隔てるのはガラスだけで、太陽の光で目がくらみました。部屋には数人がいて、じっと床に坐っているか、ひざまずいているかのどちらかでした。私たちも静かに坐りました。とうとう私たちは重い腰を上げ、自分の心と向き合うためにここにやって来ました。山の上の素晴らしいこの場所にいつか必ず戻ってくることになる、そう確信していました。

いま私は、その場所へ向かっています。私が誘ったのではありません。意外なことに、街でIT関連の仕事に就いている娘が話を持ち掛けてきたのです。「センターのこと、どうやって知ったの？」私が尋ねると、「同僚の男性がふたり、去年そこへ行ったのよ。すごく良かったって」と娘が答えました。明晰な頭脳の青年が大勢働くハイテク企業にも、静かに瞑想する世界を覗いてみたいと望む人がいるということに驚きました。センターに到着し、四十人ほどの参加者の多くが若い男性だったのを見て、私はさらに驚くことになるのでした。

ゾクチェン・ベアラ仏教センターの入り口までの狭い坂道を車で這うようにゆっくり下っていくうちに、ベアラ半島に夕暮れが迫ってきました。「トト、ここはカンザスじゃないみたいよ」*娘がうまいことを言いました。私は対向車が来ないように祈っていました。この狭い道では二台がすれ違うことはできないからです。

* アメリカ人の作家ライマン・フランク・ボーム（一八五六年～一九一九年）が著した『オズの魔法使い』にあるセリフ。主人公ドロシーは飼い犬トトと共に竜巻に巻き込まれ、カンザス州からオズの国へ家ごと飛ばされる。オズに着いたドロシーがトトに向かってこのセリフを口にする。本書では「住み慣れた土地ではなく、不慣れな環境に置かれている」という意味。

到着して軽く夕食を取った後、私たちは仏像が置かれた部屋へ入っていきました。陽光が輝いていたあの部屋ですが、今はガラスの向こう一面に真っ黒な海がため息をついて横たわるだけです。長身で穏やかな口調のアンドリューと柔和な表情のスーザンが、瞑想の進行役を務めました。このはじめの瞑想セッションは、週末に行われるすべてのセッションの基本となるものでした。アンドリューとスーザンが交代しながら私たちを静けさへと案内し、異なる段階の瞑想へと導いてくれます。次にふたりは、部屋の中央にあるスクリーンに映像を映し出しました。心を穏やかにするためのシンプルで正しい方法を、僧侶が教えてくれました。ときおり小グループに分かれて話し合いを行い、それからまた、リラックスした気持ちで静かに瞑想を行いました。心がゆったりと落ち着く体験でした。

セッションの合間に、娘と私は急な小道を上り、ヒーリング・センターにある宿泊所に行きました。部屋にいると、昼のあいだは揺らめく海に囲まれた気分になりました。夜遅くなると、霜に覆われた高い木々や低木の茂みがきらめいていて、大きな月が深い紺色の海に映った自分の姿を眺めているのが見えました。朝は水平線から昇る太陽の光で目を覚まします。太陽は虹色の光をバントリー湾の上にさんさんと降り注いでいました。うっとりするほど美しい眺めでした。

食事も含め、仏像が置かれた部屋ですべてが行われました。片隅に置かれたテーブルの上からベジタリアンの食事をトレイで運び、床に坐るかテーブルについて、静かに話をするか黙ったままで海を眺めながらいただきます。セッションの合間に、体格の良い若い男性と隣り合わせておしゃべりしたところ、すぐにアメリカ人だと気づきました。このセンターで瞑想をするためにやって来て、しかも、アイルランドは初めてだというのです。「アイルランドはきれいな場所だって聞いていたけど」その人は、畏敬の念を抱いているかのように続けました。「でもここは」そう言いながら山々や海を指し示して「素晴らしい以外の何ものでもないね」。この場所こそ、アイルランドでいちばん素晴らしいのよ、私はそう言いたい気持ちをぐっと抑えました。

日曜日、昼食を取ってからセンターを去る前に、一冊の本を買いました。二〇一四年にピーター・コーニッシュが書いた『ダズルド・バイ・デイライト』です。一九七二年、著者は、実現することができないような夢を心に抱きました。若い妻と共にイニシュファレン船*でイギリスからアイルランドに渡り、陸路をコーク県西部までやって来たのです。ふたりは景観の美しさにすっかり魅了されました。ふたりの夢はこのセンターを建てることでした。絶望的な試みだったにもかかわらず、現実のものとなるまで挑み続けたのです。窓もない扉もついていない小屋で何日も寝泊まりし、そのあいだ、山の斜面を流れる水が建設中のセンターの裏側のドアから中へ入り、表のドアから流れ出ていったこともありました。何年ものあいだ厳しい自然を相手に奮闘し、海のはるか上の目もくらむような高さに建物を建てるという危険な作業を行ったのです。長い間、様々な障害を乗り越え、ついに夢が実現したのでした。コーク県西部の最果てにあるベアラ半島の崖の上にゾクチェン・ベアラ仏教センターが造られ、今では訪ねて来る人々を待っています。どんな宗教を信じる人も、何も信じない人も、みんな歓迎されます。見果てぬ夢を抱いていた若夫婦が造り上げたセンターは、私たちを導くともし火となっているのです。

＊　一八九六年から一九六九年まで、イギリスとアイルランドとの間を航行していた五艘の船。魚雷の攻撃を受けて沈没したり、機雷に触れて火災を起こしたり、外国の船会社に売却されたりした。

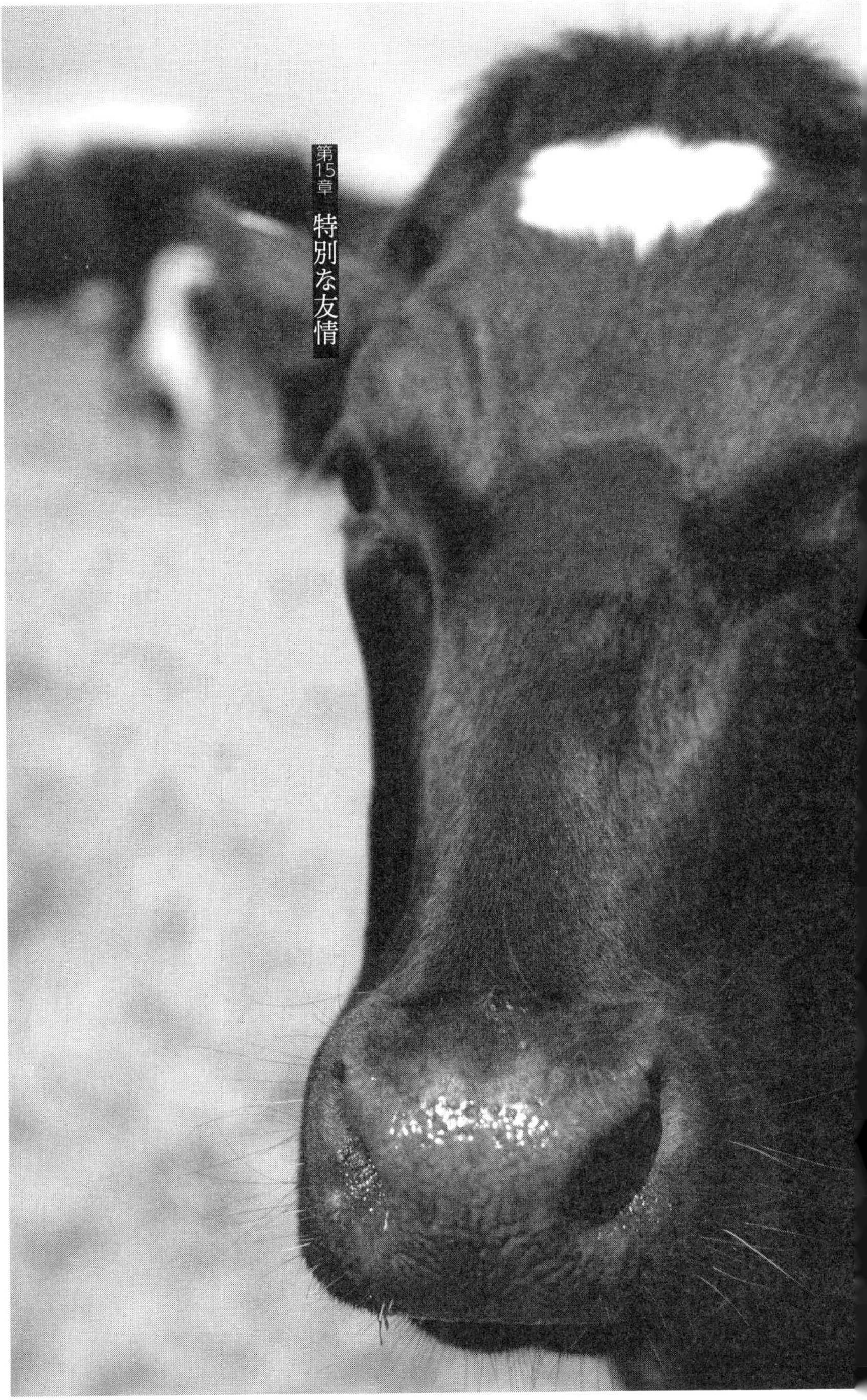

第15章 特別な友情

村で重機が必要な作業があると、近所に住む友人で農夫のパディがいつも駆けつけてくれます。どんなに細い曲がり角も、トラクターをうまく曲がらせることができる人です。ずっと前からパディは、ダブリンに住む友人のドナルの名をたびたび口にしていました。私は、ドナルがパディと同じくらいの年齢だと思い込んでいました。数年前、うちの教区の教会を改修しているとき、資金を集めるために手作りの品を持ち寄ってバザーを行ったことがありました。そのときドナルがお手製の木のボウルやランプを持って、手伝いに来てくれました。驚いたことに、ドナルはパディより二十歳ほど年上で、しかも車椅子に乗っていたのです。興味をそそられた私は、ふたりがどうやって知り合ったのかパディに尋ねました。

ことの始まりは、パディの父親が四十代だった昔にさかのぼります。背中の手術を受けた後、入院していたときの話です。ポリオの後遺症に苦しんでいた、まだ二十代の若者と病室を共にしました。ふたりとも痛みに苦しみ耐えていたことで、二十歳という年の差は埋まりました。中年の農夫であるパディの父親と、コーク県西部の漁村で船大工をしていた、ずっと若いドナルとの間には深い友情が芽生えたのでした。狭い病室に何か月も入院していたことで、お互いにどういう人間なのかよくわかるようになりました。痛みがひどくて眠れない長い夜を過ごすときも、励まし合って正気を保っていたのでした。

やがて、ふたりとも回復して退院しました。連絡を取り合おうと思っていたものの、ふたりとも自分の生活に忙しく、すっかり連絡が途絶えてしまいました。日々の暮しで精一杯だったのです。長年の間パディは、両親がドナルについて話すのを聞いていて、自分の知り合いのように感じていました。歳月を隔てても、父の特別な友人であるその人を両親が忘れたことはありませんでした。パディはその人には会ったことはありませんでしたが、人生の大変苦しい時期を乗り越えるのを助けてくれた心優しい若者に、両親が常に感謝していることが、パディにはわかっていました。

一方ドナルは、実家から出てダブリンで働き始め、そこで結婚して家庭を築き、ときどきコーク県西部の実家を訪れていました。その途中でイニシャノンを通過すると、たびたび旧友のことを考えて、どうしているかと思っていました。けれども車には子どもが何人も乗っていましたし、旧友の正確な住所も知らなかったため、その人を探すことはしませんでした。本当に、暮らしていくだけで手一杯だったのです。そして時は過ぎ、運命の不思議な力が働くことになります。ドナルの妻の姪が、大学でイニシャノン出身の少女と仲良くなりました。ある週末、姪はイニシャノンの友達の家に遊びに行って泊っていました。ちょうどそのとき、近所の家でお通夜があったのです。ダブリンに戻った姪が、母親にたまたまお通夜の話をすると、今度は母親がドナルにそのことを話しました。ドナルの記憶がよみがえりました。その人についていくつか尋ねてみて、亡くなったのは旧友ではないか、ドナルはそう考えたのです。長年のあいだ連絡を取り合わなかったことを深く後悔しました。そして、次にイニシャノンを通ったときには必ず訪ねてみようと心に誓ったのでした。友人は亡くなっているかもしれないけれど、彼の家族に会いたい、彼の住んでいた家を見たい、思い出を語り合いたいと思ったのです。誰かの死がきっかけで、心の片隅にくすぶっていた思いを実現するよう突き動かされることがあるものです。考えてみると、友人の子どもたちはもう大人になっているはずでした。その子どもたちと自分との年の差は、入院していた頃の友人と自分との年の差と同じくらいでしょう。

数か月後、イニシャノンを通ったとき、ドナルは車を止めて土地の人に尋ねました。そして聞いた通りに、ある農場へと向かいました。敷地に入っていくと、ちょうどひとりの男性が馬を引いて自分の方に歩いてきます。頭の中で年齢を計算し、この男性こそ、旧友のいちばん末の息子ではないかと思いました。おそらく、自分のことなどまったく知らないでしょう。どうして農場に来たのかと、怪訝な顔をされるかもしれません。それでもなおドナルは車の窓を開け、ためらいがちに口を開きました。「もしかして、少し前にお父さんが亡くなったのではありませんか」。「ええ、その通りですが」パディが、戸惑ったように答えました。

「実は、ずっと昔、お父さんがあなたくらいの年齢だった頃、よく知っていたものですから。僕のことはご存じないと思いますが、ドナル・ブラウンという者です」

「ええ、あなたのことならよく知っていますよ」パディは驚きながらも、嬉しそうにドナルの手を握り、力強く答えました。「昔、僕の父と同じ病室だった方ですね。父はあなたのことを忘れたことはありませんでした。母といつもあなたの話をしていましたからね。だから私も、あなたをよく知っているみたいな気がします。どうぞ、うちにいらしてください。長い時間がたってしまったけれど、ようやく会えて本当に嬉しいです」

むかし自分に親切にしてくれた友人の家族に、これほど温かく迎えられ、ドナルはたいそうほっとしたのでした。何時間もおしゃべりした後、訪ねてきて本当に良かったと思いながら、ドナルは友の家を後にしました。まるで、あの頃に戻ったようでした。長い間放り出されたままだった友情の編み目が、ようやく拾われて、また編み出されたのです。ドナルと友人の家族との深い絆がよみがえったのです。すがすがしい気分でした。

それからは、コーク県西部へ行く途中、ドナルはパディの家に必ず立ち寄るようになりました。パディの家族も、ダブリンのドナル一家を何度も訪れました。数十年前に年の離れたふたりの男性の間で始まった友情が、これまた世代が異なるふたりの間で花開いたのです。

この友情は、長い年月をかけてふたりの人生を豊かにしていったのでした。

若い時分にポリオという大病を患ったせいで、その後ドナルは車椅子生活を強いられるこ

とになりました。けれども、人生への情熱が弱まることはありませんでした。木工旋盤を学び始め、その技術をパディに教えたのです。ふたりは共通の趣味を大いに楽しみました。長年の間、パディはドナルの人となりやどんなに素晴らしい木工作品を作るか、よく話していたものです。その後パディもドナルと同じくらい腕を上げ、パディが作った作品は、私たちの教会の改修資金調達バザーでたいへん喜ばれたのでした。

今年の初め、ドナルは自宅で静かに息を引き取りました。友人に別れを告げるため、パディはダブリンへ赴きました。その人は若い時分に結んだ友情で、パディの父親の人生を豊かにしてくれました。長い年月が過ぎて年老いたその人は、今度はパディの人生を豊かにしてくれたのです。

第16章　青い万年筆

And the WORD was made FLESH and
dwelt Among us
St. John Chapter 1 Verse 14
in memory of
JER DESMOND
1916 – 1999

それは、たいへん変わったウェディングプレゼントでした。上品なロイヤルブルーの万年筆が柔らかなサテンのひだに包まれて、同じ色の革張りの箱に入っていたのです。夫ゲイブリエルが、ある親友からもらったもので、私たちはこの万年筆を大切にしていました。結婚したときに他の友人から何をもらったか、ほとんど思い出せないのですが、あの青い万年筆だけははっきりと覚えています。当時は若くて人生経験もほとんどなく、美しい贈り物に込められた深い想いを理解することができませんでした。そして日々の生活を過ごしていくうちに、気がついたら、この贈り物を失くしてしまっていたのです。今、とても残念に思っています。様々な品物のコレクターとして、また、何でもため込むのが好きな人間として、これは許されないことです。いずれにしても、あのひょうひょうとした人物から素敵な贈り物をもらったことは、大切な思い出のひとつとなっています。その人と万年筆を思い出すたび、つい笑顔になります。そして心に明るい太陽の光が差したように感じるのです。その人は常にロマンスをもとめる魂の持ち主で、日常生活の雑多なことに煩わされることはありませんでした。

その人は自分を「片割れ」と呼び、双子の弟を「もうひとり」と呼んでいました。もうひとりは若いうちに外国へ移住したので、一家の農場はすべて片割れに任されました。これは片割れにとっては大変嬉しいことでした。村はずれにある農場の土壌は質が良く、そこからはバンドン川の流域とドロームキーンの森を望むことができました。目を見張るほど美しい眺めを、彼は存分に楽しんでいたのです。それに土地が良いため、ほとんど仕事をしなくても不自由のない生活をすることができました。

新聞の日曜版の懸賞でピアノが当たると、片割れは農作業をすっかり放り出し、ピアノの練習に励みました。彼はすでにバイオリンの名手でした。だからピアノを弾くことは、音楽の喜びをさらに魅惑的なものにしたのです。もらった賞品からたいへん大きな楽しみを見出したというわけでした。誰かが片割れの家を訪れていて、そのとき彼の気分が乗ると、リサイタルをしてもらえることがありました。ある年のクリスマスの日、ゲイブリエルと私は散歩の途中で片割れの家に立ち寄りました。すると、素晴らしい即興のコンサートでもてなしてくれたのです。片割れは楽しいと感じることだけをして、自由に生きていたのでした。

片割れは女性が大好きで、常に理想の相手を求めていました。けれども、彼が見つけたロマンスはどれも、司祭を教会の祭壇前に向かわせるまでには至りませんでした。片割れが生涯持ち続けていた夢は、完璧な結婚をすることでした。意志が強くて自分をうまく導いてく

れる女性を求めていたことが、いつも失敗する原因だったのかもしれません。ガールフレンドのうち何人かは、片割れを理想の結婚相手だと考えました。もし、彼の人となりを別のものに作り替えることができたら、でしたが。それができないため、ロマンスはいつも暗礁に乗り上げました。片割れの性格を変えることはできなかったのです。彼の性格を直そうとがんばっていたガールフレンドたちも、しまいには嫌になり、あきらめました。捕らえどころのない、ひらひら舞う蝶のような人だったので、片割れに本当に必要なのは、彼を完全に理解して自由に羽ばたかせてくれる、想像力豊かな女性でした。それなのに、そういうタイプの女性を求めたことは一度もなかったのです。

音楽に歌、ダンス、それに文章を綴ることが、片割れの人生の喜びでした。そしてまた、村で行われるすべてのことに関わっていました。行事に手を貸してくれるだけでなく、イニシャノンの歴史を記録することに大いに協力してくれたのです。何かに興味をそそられると、ペンを執り、できごとを詩に綴ります。口達者で頭の回転が速く、人生はゲームだと考えていて、深刻に受け止める必要はないと思っていました。自作の詩でそのときどきのガールフレンドをほめたたえ、悪びれることなく歌にして、村の人々の前で披露しました。聴いていた人々は大いに喜びましたが、ガールフレンドはみんな、嫌な思いをしたり、困ったりしました。そういうことがあって、ガールフレンドにきっぱりと別れを告げられても、どうしてなのか理由がわからず驚いてしまうのでした。あるとき、長く関係が続いたガールフレンドに運転を教えようとしたことがありました。このロマンスは不幸な結末を迎えたのですが、片割れは事のなりゆきを後で詩に綴りました。彼の手にかかれば、あらゆることが面白いストーリーになってしまうのです。

交際していた十二か月
彼女は遅れたことがない
小鳥みたいに明るくて
門の前で待っていた

ふたりでキンセールへと運転し
彼女は嬉々と眺めてる
オニールそれにオドンネル
ふたりが戦で負けた場所*

けれどそれから少しして
僕たちふたりも仲たがい
もっと優しく教えてね

彼女がそう求めたから

彼女は運転うまいのに
僕がすぐに怒り出す
キャンプ・ヒルのてっぺんで
彼女がそう不平を鳴らす

彼女と僕は小競り合い
僕たちふたりは口げんか
それでも車は止まらずに
陶器の窯元へ降りてきた
彼女がギアを引っ張って
僕は小さくおっと叫ぶ
彼女の顔が示している
これですべてがおしまいだ

＊ 一六〇一年キンセールの戦いで、スペイン・アイルランド連合軍とイギリス軍が戦い、イギリス軍が勝利した。ヒュー・オニールとロウ・ヒュー・オドンネルは、アイルランド

の族長。

ロマンスはこんな風に終わったのでした。

一方で片割れは、村の行事に関わるときは、ガールフレンドとの関係のように気まずい思いをすることなく、本領を発揮してコミュニティーに大いに貢献してくれました。教区の人々がボランティアで働いて教区ホールを建てているとき、片割れはペンを執り、建設の様子を記録していました。ホールの開場式が行われた晩にはステージ上で次の詩を暗唱し、集まった人々を喜ばせたものです。その場にいた多くの人々が、ホール建設のはじめから終わりまで関わっていたので事情がわかっていたからでした。建設に携わった人々を個人的に知らなくても、この詩を読めばイニシャノンの教区ホールがどんな具合に建てられていったのかわかります。

教区ホール

今宵我らは喜びに胸震わせここに集う
美しい教区ホールの開場式
本当はずっと前に完成するはずだった

けれどもやる気がなかっただけ

そのときキンセールから吹いた幸運の風
オリオーダン神父が友人としてやってきて
面倒な役所仕事を済ませ、計画を実行に移した
我らの気分は明るくなった

古いホールに大小いろんな問題があるが
彼に任せておけば間違いない
「ここにいる男性陣、大槌と道具を持ってこい
古いホールを壊し始めるぞ」

すさまじい速さで作業は進み
毎晩別のチームが働くきまり
ゲイブリエルは親方のごとく
コナーズを責任者にした

固く安定した穴を掘る掘削がはじまり
マッカーシーのブルドーザーが吠える
穴を掘ったら基礎を入れ
作業は毎晩遅くまで続く

じきに骨組みができあがり、下げ振りで垂直を確認し
すべては計画通りに進む

困ったことがあれば、ジョー・リンチが頼みの綱
有能な腕利きだ

強力な助っ人は、建築請負うジェリー・クローリー
小屋からラウンジ・バーまで手掛けた男
石材加工は石屋のマデンズ、悲しむ心も嬉しくなる
この石屋一家は紛う方なき長年の功労者
クロスカントリー・ランナーのマッカーシーはスクウクの男
建設に力をすべて出し切った

熟練の技にちょっとしたコツ
本当にこの人物はありがたい

我らの親方が雇った
みんなの名を挙げることはできない
オーハロランは馬のような力でレンガを運び
トム・コリンズは人気者

僕の親友マイケル・ライアンは省けない
ホールの照明をすべて設計した電気配線の天才
照明は宵の明星のごとく輝き
まるで妖精の国にいるよう

ご婦人たちは最後の仕上げをがんばった
毎晩掃いたりこすったり
下から上までペンキを塗って磨き上げ
すべてが明るく輝いた

教区内外からの助けのおかげ
見事な芸術作品のように花開いたホール
なめらかな楓材の床から扉の横のレンガまで
孤独な人をも元気にする

完成した教区ホールは小ぎれいで堂々として
とても大きな村の誇り
コークからダンガンノンまで、イニシャノンのような場所はない
この地方でいちばん魅力的
ホールに立てば、森や小川のほとりにいるよう
それにあの名高い美しい橋
丘のふもとにフィルの修理場
上からは聖公会の牧師館が見下ろしている

その頃、教区ホールの通りをはさんで向かい側にはフィルという男性の自動車修理工場がありました。工場のすぐ隣の丘にはアイルランド聖公会の牧師が住む牧師館があったのでし

た。

片割れのような人物はすべての教区や村に必要です。地域で起こった大小のできごとをすべて詳しく書き記してくれるのですから。片割れは、私たちの教区で起こったいろいろなことを記録していました。けれども、彼の頭の中でだけ完成していたものもたくさんありました。そして完成した作品を他人に贈ってしまい、写しを取っておくことをしませんでした。それで、ほとんどがなくなってしまいました。教区でクリスマス冊子『キャンドルライト』[*1]を刊行するようになると、毎年私たちは片割れをつかまえて、物語や詩を書いてくれるよう頼みました。だから少なくとも冊子に載せた作品は、後世に残すことができています。私たちの教会には、写字室[*2]に修道士がいる様子を描いたステンドクラスがあり、人々の目を楽しませています。片割れのふたりの姪が、片割れに敬意を表して設置したのです。

＊1　一九八四年に初めて刊行され、それ以降も毎年クリスマスの時期に発行されているイニシャノンの冊子。著者が友人ふたりと共に編集を行っている。
＊2　中世ヨーロッパの修道院で、修道士が書籍を書き写す作業を行っていた部屋。

片割れは私の処女作『アイルランド田舎物語——わたしのふるさとは牧場だった』[*]を読んだあと、私に会いに来ました。優しくささやくような声で、まるで重大な秘密を打ち明けるかのように話す人でした。「ねえ、アリス」彼はささやきました。「本を読んで、君はよくやっているな、と思ったよ。でもね、鷹についても書かれているんだろうか、と思ったね。鷹のことが書かれていなかったら、きちんと書いたことにならないから。で、読んでいくうちに、ちゃんと鷹が出てきたよ。きみは何もかも覚えているね」。彼が何の話をしているのか、私にはよくわかりました。私たちは子どもの頃、家畜の鶏を鷹から守る見張り番を長時間させられたものでした。だから片割れは、もし私がそのことを書いていなかったら、当時の様子のいちばん大切な部分が描かれていないことになる、そう考えたのです。しかしそれは、ちゃんと書かれていました。こんな変わった感想を聞かされたのは初めてでした。彼は常に、自分に見えているように物事の核心を突くのです。新聞の書評で、片割れと同じ視点で本を評するものなどありません。そして、立ち去ろうとした片割れは私を驚かせたのでした。

「アリス、あの青い万年筆を覚えているかい?」。「ええ。ずっと前に失くしてしまったけれど」私は申し訳なく思いながら答えました。「あの頃もらっても、豚に真珠だったわね」。

「いいんだよ」彼は優しくささやきました。「あれはあれでちゃんと仕事をしたからね」。どういう意味なのか考えていると、片割れは私の肩にそっと触れて静かにこう言ったのです。

「これから、イニシャノンのためにいろいろしてくれるね」

＊ 一九八八年に出版された著者の最初の作品。子ども時代の思い出が綴られている。アイルランド国内で大ベストセラーとなった。邦訳は一九九四年に新宿書房から出版された。

片割れは、自分の大切な仕事を私に引き継いだと考えたのです。私はそう思っています。

第17章 足元に注意

大きな黒い犬が坂道を飛び跳ねるように下りてきて、犬の綱を握っている、くせ毛の若い男性も笑顔で駆け下りてくると、犬とその人は村の大通りに出ました。彼の片手には犬の綱、もう一方の手には奇妙なものが握られています。ひょっとして、あれは……？　そう、やはりあれのようです。あれに違いありません。犬のフンキャッチャーです。イニシャノンの通りでは、ほとんど見かけない光景です。というより、アイルランドではどの町でも村でもまず見かけることはありません。だから犬と男性を見て、村びと数人が歩みを止めました。あぜんとしています。さあ、事情を詳しく探る必要があります。つい最近、村に越してきた男性です。彼に話を聞かなくてはなりません。村の暮らしで良いことのひとつは、通りで赤の他人に遠慮なく話しかけることができる、ということですから。

「あなた、まるで砂漠のマナね」*ひとりの女性が、すっかり感心した面持ちで彼に話しかけました。「どうしてですか？」男性が笑顔で尋ねました。「だってそれ、フンキャッチャーでしょう？」女性が興奮した声で答えました。「犬を外に出すときは必ず持っていますよ」

と男性。「誰もがそうすべきだって、村のみんなに教えてやってくれないかしら?」彼女は、頼むからお願い、という口調になっています。「この村では、そんなに珍しいのですか?」。「ええ、鉱山で金塊を見つけるくらいに。あなたは村に来てどのくらいかしら?」。「引っ越してきたばかりです。家族で二年ほどアメリカに住んでいまして。向こうでは、犬が道端でウンチをしたら、知らないふりをして歩き去るなんてことはできませんよ。周りの人がそうさせませんからね。犬がウンチをし始めると、みんな立ち止まって、今すぐ始末しろって指をさしますから。それに違法ですしね」

＊ マナは旧約聖書に出てくる食べ物。砂漠をさすらうイスラエルの民のために神が天から降らせたという。ここでは、大変ありがたいもの、という意味。

「もちろんこの国だって違法なのよ」女性が応じました。「誰も気にも留めないけど」。「じゃあ、ウンチはどうなるんです?」男性が興味津々で尋ねると、「歩いている人が踏んづけちゃって、犬をののしる、ってことね」という答えが返ってきました。「でも、それは良くないですよね」男性が口をとがらせると、女性はにっこりして言いました。「この素晴らしきアイルランドへようこそ」

アイルランドのほとんどの町や村の通りには、口にするのがはばかられる、臭いものが落ちています。四つ足の友人が無遠慮に落としていくのです。犬が必要なことをしている間、すぐ隣で飼い主は当然のようにボサっと立っています。他の国の人々とは違い、アイルランド人はその場を通りかかっても、飼い主に責任ある行動をとるよう求める勇気を持ち合わせていません。だからフンは残り、そこを通る人は舌打ちしてよけて歩くことになります。そのうちに、子どもや不用心な大人が通り、うっかりと靴をフンの中に沈めてしまうのです。フンは路面にこびりつき、いくつもの靴に踏まれて少しずつそがれた末、ついに、そこにあったことがわからなくなります。汚いですよね。本当に。

規制する法はあります。でも現実には守る人は誰もいません。犬のフンの始末について、人々に法を守らせるいちばんの手段は、周りの人々がプレッシャーをかけることです。公共施設で喫煙を禁じる法を通すとき、*そうしたではありませんか。それとも、犬のフンは取るに足りない問題だとでもいうのでしょうか。そんな考え方をしている限り、フンは私たちの足元に残り続けます。

＊ アイルランドでは二〇〇四年に公共施設での喫煙を禁じる法律が施行された。国民の多くが、当初からこの法律を支持しているとされる。

村では、「晒し場」と呼ばれる広場の周りに遊歩道が整備され、そこが犬の飼い主にはたいへん便利な場所となっていました。犬は綱につながないままにしておくこと、それに、フンをしたらきれいに後始末をすることが求められました。遊歩道では子どもたちも遊ぶので、安全衛生上の理由から犬のフンがあることは許されないのです。ところが、どちらの条件も守られなかったため、犬を連れていくことが禁じられてしまいました。規則に従わなかった

No dogs allowed
Except Guide Dogs & Support Dogs

飼い主は、決まりを守っていた飼い主から責められています。

それに、村には放し飼いにされている犬がいるのです。実際、どの村にもそんな犬が一匹はいるものです。グランドナショナル*でジョッキーのいない馬が走っているようなもので、大騒ぎになります。ジョッキーなら馬を引き取りに戻ってきますが、犬の飼い主が現れることはありません。飼い主は犬を自由に歩かせるために扉を開けて外に出し、しばらくしてまた家に入れるのです。うちの村でうろうろしているのは大型の太った雑種で、野放しにされて歩き回るという自由を楽しんでいて、体のサイズに見合った物を落としていきます。目が悪い上に耳もよく聞こえず、おまけに足も不自由だというのに、交通量の多い村の大通りをどうにか無事に横切って反対側に到達し、そちら側にも同じ量の落とし物をしていくのです。

＊　イギリスのエイントリー競馬場で毎年開かれる大障害競馬。

それで、犬のフン問題をどうしたらいいでしょうか。解決方法はないように思えます。だから「きれいな町コンテスト」に参加するチームの数人が、村の通りから他人の犬のフンを取り除くためだけに、ほうきとちりとりを持ち歩くことになります。

初夏になると、アイルランド中の町や村で休止状態から目覚めたチームが、やる気にあふれて活動を始めます。自分の町や村をきれいにしようとがんばっている人たちです。植物を植え、汚れをこすり落とし、ペンキを塗り、ごみ拾いをするのです。自分が住む土地を愛しているからこそ、そうするのです。「きれいな町」チームが取り組んでいる作業の中でも、犬のフンの始末とゴミ拾いがいちばんやっかいな仕事です。ゴミ拾いをしているときは、思考をシャットダウンしなくてはなりません。でなければ、自分と同じ人間に最低の評価を下して作業を終えることになりますから。他人が散らかしたゴミを拾う間は落とした人のことを悪く考えないようにすると、いやな思いをするという心の問題を乗り越えることができます。飼い犬が必要なことをしている間、脇でぼんやり突っ立っていた飼い主に悪い感情を抱かず、楽しんでフンを片づけることができれば、もうあなたは聖人の仲間入りをしているのです。

「きれいな町」チームの一員として活動できるのは、そんな風に考えることができる特別な人だけです。アイルランド中の「きれいな町」チームの人々が、そういう考え方で活動しています。イニシャノンもまた同じです。わが村のチームは「きれいな町コンテスト」でスコアを上げようとがんばっているところですが、何よりも、自分の村に対する愛情から活動しているのです。自分の居住地をきれいにしようと何年も奮闘するうちに素晴らしい友人ができ、活動がますます楽しくなります。それでも犬のフンだけは、これからも臭い悩みであり続けるでしょうけれど。

第18章 森をしつらえる

今年になって、ある妖精の一族がドロームキーンの森に住みつきました。

昨年、村は森を整備するための助成金を受け、「きれいな町」チームがあちこちを整備しました。草ぼうぼうの小道を切り開いて、遊歩道と階段を整備し、手すりを付けたのです。すると、村の人々は大喜びで森へ出かけていくようになり、老木が鬱蒼《うっそう》と茂り、苔に覆われた斜面のあるこの憩いの場を楽しむようになりました。この森では、珍しいアカリスを見ることもできます。遊歩道で知人と出会えばおしゃべりが始まります。森には、会話を弾ませる何かがあるようです。

噂を聞きつけた妖精たちは、その美しい森に住むことができるのではないかと考えました。「ドロームキーンおとぎの国」を造ることができるかもしれません。まずは視察隊を送ってみると、たいへん有望な報告がなされました。森はバンドン川とイニシャノンの村を見下ろす丘の斜面に、美しくたたずんでいるとの報告でした。新たにおとぎの国を造り上げるのに理想的な場所ではありませんか。

ところが賢い長老が、一族の住み替えは慎重にすべきだと警告し、まずは調査隊を派遣して土地を詳しく調べるべきだと助言したのです。そこで、選りすぐりの精鋭部隊を送り込み、古くて安全な木々を選ばせました。そのあと妖精の家族に、自分たちの住まいを構える木をそれぞれ選ばせ、そうして今度は、村の人間に助けを求めてきたのです。出入りするためのドアが必要なのだといいます。だってドアがなければ住めませんよね。

イニシャノンの「きれいな町」チームが助けに駆けつけました。地元に住む、腕のいい大工にドアの作成を頼んだのです。ジミー・マッカーシーは妖精の住まいにちょうど良いサイズの小さなゴシック調のドアをいくつも造ってくれました。「きれいな町」チームが労働局の人々の助けを借りて、ドアを妖精が好みそうな明るい色に塗り、森へ持っていきました。森の小道沿いに立つ木々に妖精のドアを取り付けるのは、たやすい作業だと思われる方もいるでしょう。さにあらず。妖精は私たちとは違いますから、妖精にとって正しい方法で物事を行うには、彼らの気持ちにならなくてはなりません。そこで、森の中でも妖精が好むような場所に、間違いなくドアを設置するために、まずドアを置いてみることにしました。遊歩道沿いにドアをすべて置いてレイアウトを確認してから固定するのです。木の裏側に隠すように置き、深いくぼみの奥にも置きました。かなり時間がかかりました。午前十時ころ始めたのに、お昼どきにはまだ遊歩道を行きつ戻りつしていました。そして、とうとう満足のいくように配置することができ、ドアを固定し始めました。それからドアの前に苔の小道を作ったり、家の周りに小さな石塀を巡らせたりすることにしました。正直なところ、私は時間を忘れて夢中になっていました。労働局の男性のひとりは、お腹がすいたからと帰ってしまいました。けれどももうひとりは、空想の世界を楽しんでいました。彼も私も、すっかり子どもに戻っていたのだと思います。

今年のはじめ、森の大木が一本倒れたので、いくつかに切って丸太を作ってありました。妖精が集う広場を作ろうと、私たちは丸太をいくつか引きずって急な斜面を登り、木々の間の少し開けた場所まで運びました。丸太をベンチのように並べてみると、テーブルが必要なことに気づきました。森の中を見回すと、この小さな広場の向こうが少し高くなっていて、そこに大きくて平らな岩が突き出ているのが見えます。あれは動かすことのできる大きな石でしょうか。それとも、大地の中に深くはまり込んでいて動かすことのできない大岩の一部でしょうか。確かめるための方法は一つしかありません。労働局の男性が、お安いご用と石の周りを掘り起こしてくれて、私たちはふたりで石を持ち上げようとしました。でも動きません。ちょうどそのとき、背が高くいかにも力の強そうな男性が、森の中をこちらに歩いてくるではありませんか。私たちが困っているのを見て、その人は手を貸してくれました。さながら馬に乗って現れたアシーン*のようです。男性はぐいぐいっと力いっぱい手前に引いてみて石が動くと確信すると、石を動かして斜面を転がし、丸太で囲んだ広場の真ん中に据えてくれました。これで、妖精たちが集会を開く場所ができました。

＊　ケルト神話に登場するフィアンナ騎士団の戦士で詩人。騎士団長フィン・マックールの息子。あるとき、大勢の村人たちが畑から巨大な丸石を取りのけようとしていたが、石はまったく動かなかった。そのとき、白馬に乗った騎士アシーンが通りかかった。アシーンは片手で軽々と石をつかみ、畑の外の丘の斜面へと転がした。

森に妖精のドアを運んでくるのと同時に、私がちょっとアレンジを加えた風変わりな鏡も一枚持ち込んでいました。もともとゴミ捨て場から拾ってきたものですが、縁を小枝で飾ると、まさに妖精が仕立てたようになりました。これを木の上から下げるには、ターザンのような運動神経が必要です。ぶらりと下がるようにしておいて、小道を通る妖精や子どもたちが鏡をのぞくと姿が映るようにするのです。ようやくすべてを終え、今日の作業に大満足しつつ森を後にする頃には、私たちも腹ペコでした。

妖精たちは大喜びしました。喜び勇んで妖精の女王に報告し、ドロームキーンの森に王国を移すよう進言しました。そして、現実のものとなったのです。妖精のにぎやかな一団がドロームキーンの森に引っ越して来たのです。今では広場を囲むように村を作り、大石は集会用のテーブルとして、丸太はベンチとして使っています。毎晩広場に集まって宴を催し、それが夜明けまで続くのです。だから、夜の森は妖精たちのものです。森にはおよそ二十軒の妖精の家があります。私たちが遊歩道を歩いていると、ドアが見えるだけで妖精の姿は見えません。でも、妖精は私たちを見ているのです。妖精は身なりを整えることが大好きだとい

うことを知っていますか。そのために、大きな鏡を使うのです。あの鏡の中をのぞいてみてください。肩越しに妖精が顔を出すことがありますから。みなさん、ぜひドロームキーンの森を訪れて妖精を探してみてください。そうそう、妖精たちは森をきれいな状態にしておきたがることをお忘れなく。

去年のクリスマスの夜遅く、森の横を車で通りかかった男性が、一本の木が妖精の灯りできらめいているのを見たそうです。噂が広がり、それから数週間のあいだ、ことの真偽を確かめようと人々が森に詰めかけました。噂は本当でした。クリスマスのあいだ妖精たちは、森の木々にイルミネーションをともしていたのです。

第19章　通行する権利

アイルランドでは、道を通る権利が常に口論のもとになります。私たちアイルランド人は土地の所有権に対する執着が強く、どんなに小さな土地であろうが、建物の間のぬかるんだ場所であろうが、隣人同士が互いにしつこく権利を主張します。「出て行け。ここはうちの土地だ」と言いたいだけのために、裁判に持ち込んで多額の費用を費やすのです。こんな風に考えるようになった理由は、私たちの土地が他人に侵略され、取り上げられた歴史があるからでしょうか。イニシャノンは交通の要所であり、美しい自然に囲まれているため、常に所有権が争われる土地でした。すでに九世紀には、あちこちで略奪を行っていたバイキングがイニシャノンを狙っていて、バンドン川を帆船で上ってきていたのです。私はときどき村の西側の外れにある橋の上に立って、下を流れるバンドン川を眺めることがあります。そんなとき、バイキングの帆船が通っていくのが目に浮かぶのです。もちろん、空想にすぎません。でも私は、その時代ではなく現代を生きていることをありがたく思っています。というのも当時は部族間の争いばかりでしたし、部族同士が戦っていないときは、侵略者を撃退するのに必死だったのですから。侵略者は土地を横取りすると、そこはもう自分たちの土地だと考えたので、将官たちに分け与えました。すると将官は土地の住民を根こそぎ追い出し、自国の民を連れて来て住まわせたのでした。そんなことで、新たに入って来た者たちと元の住民との間に友好的な関係が築かれることはほとんどありませんでした。イニシャノンもそんな具合にオリバー・クロムウェル*からトマス・アダリーに与えられたのです。アダリー一族はそれから数代にわたってイニシャノンの地主となっていました。

＊　一五九九年〜一六五八年。イギリスの軍人、政治家。アイルランドに侵攻して各地で戦闘を繰り広げ、住民を虐殺した。

こんな経緯があったから、土地を手に入れた新参者が、道を閉鎖するという迷惑千万なことをするようになったのでしょうか。たとえ所有者が変わっていっても、引き続き通行できれば土地に連続性が生まれます。数年前、村を出てすぐの道を所有者が閉鎖してしまったことがありました。ところが、常にそこを通っていた数人の漁師が、いつものルートに置かれたバリアを完全に無視して、いそいそと川へと向かったのでした。所有者は何が何でも閉鎖しようとしましたが、あるとき自宅の門を出た路上に、辛辣な悪口がペンキで書かれているのを見つけました。誰がそんなことをしたのか、わかりませんでした。でもおそらく、やったのは漁師たちではなく、両者の知恵比べを見て楽しんでいた誰かが、状況を悪化させてやろうと考えて、そんなことをしたのだと考えられました。

通行する権利を主張して個人が争うことはよくありますが、そこにコミュニティーが関わっていると、話がずっとややこしくなります。イニシャノンには長年使われていた、川へと至る道が三か所ありました。それが、今やひとつもありません。村の歴史も村人の権利もないがしろにする所有者たちに、三か所とも閉鎖されてしまったのです。お役所ではない任意団体がこの手の問題を解決しようというのは、大変難しいことです。法を守らせる唯一の手段は法で規制することですが、これはコミュニティーが分裂しかねない危険な方法です。村の議会は知らないふりをしていますが、それも仕方がないでしょう。

「晒し場」の周りには川に沿った遊歩道があり、多くの人がその道を利用します。というのも、村を通る幹線道路は車の交通量がとても多いからです。議会は、遊歩道を土手に沿ってずっと遠くまで伸ばす長期計画を立てています。ところが、もし本当に計画が実行されたとしても、村人が延長された遊歩道へ出ることはできません。遊歩道に至るまでの小道の所有者が通行させてくれないからです。小道を通れば安全に遊歩道へ出ることができるし、村人が遊歩道をもっと楽しむこともできるようになります。でも小道が閉鎖されたままの状態が続いたら、後の世代の村の住民が、安全で満足した暮らしを送ることができなくなります。

村には、住民が通行権を取り戻した良い話もひとつあります。村はずれの二本の道路をつなぐ小道が古くからありましたが、広い道路が造られると、そこは使われなくなってしまいました。しばらくは近くの農民が通り、近道として使う人もいました。小道には荒れ果てた古い空き家があり、家の持ち主がコンという名前だったため、その道は「コンの小道」と呼ばれていました。幹線道路を走る車がまだ少なく、安全に歩くことができた頃は、コンの小道を通る人はそれほど多くはありませんでした。それが最近は幹線道路の交通量が劇的に増えたので、コンの小道を整備して安全な迂回路にしよう、私たち「きれいな町」チームはそう考えたのです。

そのころ新たに引っ越してきた人物が近隣の農場を買い取り、いくつかの牧場をまとめてひとつにしようとしていました。その人は自分の土地の溝に溜まっていた岩やゴミを取り除いて、それをすべてコンの小道に放置したのです。石やら木材、土砂が置かれた小道は、通ることができなくなりました。どうしたものでしょうか？　そこでチームのメンバーが事件の張本人に近づいてうまく交渉した結果、その人は自分の畑の収穫が終わったら、機械を使ってゴミの山を取り除いてくれることになったのです。しばらくして約束が果たされ、小道をふさいでいた物は取り除かれました。高速道五十号線*とは程遠い石だらけの小道ではありますが、村の人々のご先祖たちに満足してもらえるような状態にしておかなくてはならないと思うのです。

＊　アイルランドの首都ダブリンの中を、半円を描くように走る高速道路。国中の高速道路の中で最も交通量が多い。

昨年十月のお天気の良い土曜の午後、ラッパスイセンやいろいろな花の球根が入った袋をいくつかたずさえて、作業を行うため、いつもの通り村人たちが集まってきました。みんなで道の両端に球根を植えていきました。植え付けを終えた後、コンの空き家のすぐ隣にある原っぱで、お茶と一緒にりんごのケーキとスグリのケーキをいただきました。これから数年のあいだコンの小道は、溝に沿って咲く花々で明るく輝くことでしょう。そして野生のシダが、そこにいるのが当たり前という風に、また生えてくるのを、私たちは待っているのです。

第20章 歴史を刻む植樹

幼い頃『鳥のオーニーン』[*1]を初めて読んで、著者のパトリック・ピアースが大好きになりました。遠い昔のその年の秋、私はツバメが暖かい地方へと旅立とうと勢ぞろいしているのを見ていました。そして病気のオーニーン少年が崖の上に腰かけ、飛び立っていくツバメを眺めている、かわいそうな姿を思い描いて悲しくなりました。春にツバメがまた戻ってくるのを、少年は見ることができなかったと思うと、私の胸は悲しみで痛みました。私にはオーニーン少年が本当に存在しているように感じられ、野原を歩く私のかたわらに彼がいるのだと感じていたのです。また、ジョーゼフ・プランケット[*2]の詩『バラの上にイエスの血が見える』を読み、この詩人の目を通して、彼が見ていたのと同じ野原を私も見たものでした。一九一六年の復活祭蜂起を起こした男たちの新しい世界観の中では、神と自然は分かちがたいものだったのでしょう。

＊1　アイルランドの詩人・作家パトリック・ピアース（一八七九年〜一九一六年）の短篇小説。病弱なオーニーン少年のツバメに対するあこがれと愛情を描いた作品。少年は他

の子どもたちから「鳥のオーニーン」と呼ばれている。
＊2　一八八七年～一九一六年。アイルランドの民族主義者、詩人、ジャーナリスト。

イニシャノンでも復活祭蜂起の百周年を祝うため、蜂起を率いた指導者や詩人たちに敬意を表するイベントをすることになりました。彼らが自然を愛していたので、自然にちなんだ活動が良いと思われました。そして「アイルランド共和国樹立の宣言」に署名した七人*にちなんで七本の木を植えることにしたのです。成長して大木になることを見越して、村の中心に十分な間隔をとって植えることになりました。「晒し場」が理想的な場所でした。外側を遊歩道が巡っていてたくさんの人が通ります。いずれはその上に枝を張る並木になるでしょう。

＊　トマス・J・クラーク、ショーン・マクダーモット、パトリック・ピアース、ジェイムズ・コノリー、トーマス・マクドナー、エイモン・ケント、ジョーゼフ・プランケット。蜂起後三週間足らずの間に全員が処刑された。復活祭蜂起については一四七頁の注を参照のこと。

木を植えるとき、ふつうは苗木を植えるのが良いとされています。植えた後、成長していくのが目に見えるからです。けれども式典で植えるなら、人目を引くような木でなくてはなりません。つまり、共和国樹立の宣言に署名した七人を象徴するような、七本の立派な木でなくてはならないのです。そこで、近くのナングル・アンド・ニーセン植木センターに行ってみることにしました。西暦二〇〇〇年の記念にミレニアム・グローブの式典を行ったとき、そこで木を購入したからです。私はもう仕事を引退していますから、こういう機会に出かけていくのにうってつけの人間です。喜んで行ってみましょう。その日ちょうど仕事を休んでいた娘と、植木センターに行くのは大冒険だと思っている三歳の孫娘と一緒に、センターのある丘へと車を走らせました。二〇一六年の復活祭の前の週でした。センターに到着すると、初めて見る若い男性に迎えられました。その人がロナン・ナングルで、扱っている木々について何でも知っていました。

私たちはロナンが運転するジープに乗り込み、百エーカー（約十二万坪）の広さのセンター巡りに出発しました。あらゆる高さや樹齢の木々が、私たち視察チームに向かって敬礼しています。あまりの素晴らしさに、私はすっかり圧倒されていました。これでも控えめな言い方です。センターに到着したときはオークの木がいいと思っていましたが、その選択が正しいかどうか、わからなくなってしまいました。そして、混乱した状態でセンターを後にしました。素晴らしい樹木が、あまりにもたくさんありすぎたのです。話し合いを重ねて慎重に検討してみると、泥水のように濁った私の頭の中の混乱は解消し、やはりオークの木が候補に残りました。オークが正しい選択のように思えます。寿命は数百年とのことですから、間違いなく二百周年まで生き続けるでしょう。

復活祭前の月曜にまた植木センターを訪ね、ロナンにオークを注文しました。復活祭前の木曜日に木を配達してくれることになりました。高さはおよそ二十フィート（六メートル）で根は丸くボール状にまとめた形で運ばれ、値段は一本百ユーロです。「木が満足するようなしっかりとした植え穴と、栄養たっぷりの培養土が必要だから」ロナンはまるで警告するようにそう言いました。近頃はなんでも機械を使ってやってしまいますが、「晒し場」は冬のあいだ大水に見舞われていたので、重機を入れることができません。さいわい別の方法がありました。労働局の二人の男性が、重労働をいとわずやってくれるというのです。ふたりともジョンという名前です。

木の植え穴の作り方についてよく知っている人が必要でした。園芸業を引退したジム・マキオンは「きれいな町」チームの一員ですが、その人がやってくれることになりました。陽光がさんさんと差す春の日、穴掘りが始まり、一日目に四つの大きな穴ができました。土地はやせていて、石だらけでした。それでも翌日、川により近い方に残りの穴を掘っていくと、そちらは粘土質で豊かな土になっていました。太古の昔「晒し場」は、バンドン川の潮の満ち引きの影響を受けていたため、このような土壌になったのだろうと、みんなで話しました。穴ができあがると、ふたりのジョンは近くの厩舎へ行き、古くて十分に発酵した「肥し」をもらい、トレーラーに山盛り積んで運んできました。（今の時代はみんな品がいいから、「馬の糞」と呼ぶのは憚られますよね）

こうして植え穴が掘られているあいだ、私たちは復活祭の翌日に行う植樹式とその宣伝の準備をしていました。復活祭蜂起もそうでしたが、すべてが時間ギリギリでみんなてんてこ舞いです。そんな中、聖木曜日に木が到着しました。式典の主役の彼らは、たいへん立派な風貌をしています。でもこんな重い木々をどうやってトレーラーから降ろし、将来落ち着くことになる場所の近くへ運ぶのでしょう。さて木々を移動させるロナン・ナングルの手際は実に見事でした。アシスタントのひとりに樹冠の部分を支えさせて方向を定めると、ボール状の根に鋼鉄の小さなかぎ爪を突き立てて一本ずつ軽々と持ち上げ、空中をぐるりと回して植え穴のそばに置いていきます。こんな単純なやり方で作業全体がスムーズに進んでいきました。任務終了。すべて順調です。

ロナンは木と共に銀製のシャベルも持ってきていました。植木センターのこのシャベルは、それまで多くの植樹祭で使われてきたものです。マウント・ジュリエット・ホテルでプロゴルファーのジャック・ニクラウスが[*1]使って木を植え、別の機会にはフレッド・カプルス、クリスティ・オコーナーとセベ・バレステロスも使いました。それに、メアリー・ロビンソン[*2]はアイルランドの大統領としてこのシャベルを使ったのです。次は、イニシャノンでの復活祭蜂起百周年記念式典で同じシャベルが使われるのです。

＊1　一九四〇年生まれのアメリカのプロゴルファー。フレッド・カプルス（一九五九年～）はアメリカ出身、クリスティ・オコーナー（一九四八年～二〇一六年）はアイルランド出身、セベ・バレステロス（一九五七年～二〇一一年）はスペイン出身。この三人もプ

ロゴルファー。

＊2　一九四四年生まれ。アイルランド共和国第七代大統領で最初の女性大統領。

ジム・マキオンが賢明な助言をしてくれ、植樹する当日まで、植え穴に木を入れ、根の下と周りに培養土を入れて立たせておくことになりました。その通りにすると、木々が空高く美しく立ち並び、植えられるのを待っているように見えました。これで準備が整い、あとは植樹式を待つだけになりました。ところが、復活祭当日の夕方ジムから電話があり、いちばん端の植え穴に水が溜まっていて、どうやっても抜くことができないというのです。水浸しでは立派なオークにふさわしくありません。その穴を埋めて、木の列のもう一方の端に新たに植え穴を掘ることになりました。実際、そちら側の方が土壌はずっと良いようでした。木々が自分たちなりのやり方で、「晒し場」の中で場所を移動し、より見栄え良く見える位置を選ぼうとしていたのです。なんといってもピアースは、演劇に深く関わっていましたから。[*]この「晒し場」でも人目を引きたかったのでしょう。

＊　ピアースは「アイルランド共和国樹立の宣言」に署名した七人のうちのひとり。七本それぞれの木に、七人それぞれが対応しており、別の植え穴に植えられることになった木は、ピアースに対応していた。

それで復活祭の翌日の朝七時に、「きれいな町」チームのピーター・フェヒリーとジョー・ウォルシュが、パトリック・ピアースのために、より目立つ位置に新しい穴を掘りました。

午後三時になると人々が大勢集まってきました。バレー・ローバーズと「きれいな町」チームのメール連絡網で式典の知らせを伝え、地元紙と教会のニュースレターで公表し、村の一角にある掲示板で告知してありました。それに、ミサでも知らせてもらいました。こちらが提案した通り、復活祭蜂起の服装をして式典に来た人もいました。

心温まる式典になりました。まず司会のエルマリー・メイウィーが復活祭蜂起についてアイルランド語と英語で短く説明し、次にマーガレット・オーサリバンがピアースの詩『私はアイルランド』を、これもアイルランド語と英語で朗読しました。

私はアイルランド
私はベアラの魔女より年古りている……

マーガレットは次に『バラの上にイエスの血が見える』を朗読しました。

バラの上にイエスの血が見える
そして彼の瞳に輝く星にも

降り続く雪のなか彼の体がかすかに光る
彼の涙が大空から落ちてくる……

最後にピーター・フェヒリーが、じっと耳を澄ます人々に向かって、力強い言葉で書かれた「アイルランド共和国樹立の宣言」を読み上げました。

アイルランドの男女諸君、神の名において、また、我々が彼らから古い民族的伝統を継承している過去の人達の名において、アイルランドは我々を通じてその旗の下に子孫を招集し、その自由の為に戦うものである。……

アイルランド共和国は、アイルランドの全ての男女の忠誠を受ける資格があり、よってここにそれを要求する。共和国は全ての人々に対し、宗教的および市民的自由、平等な権利と機会均等を保証する。また、民族全体とその人々全ての幸福と繁栄を追求する決意を宣言する。過去に民族の少数派を多数派から分離させた、外国政府によって入念に培われた対立を忘れ、この国の子供達を平等に育みながら、そのことは追求されるだろう。

（ダブリン大学トリニティ・カレッジの翻訳）

続いてジェリー・ラーキンが、ドナル・マーフィー、ジミー・マッカーシー、トミー・カーウィンの演奏に合わせて、国歌を朗々と歌い上げました。フィンバー神父が木々を祝別し、司会のエルマリーが美しく著名な詩「木」を朗読しました。この詩は復活祭蜂起のほんの三年前の一九一三年にアメリカの詩人ジョイス・キルマー*によって書かれたものです。私たちに木の大切さを思い起こさせてくれます。

＊　一八八六年〜一九一八年。アメリカの詩人。第一次世界大戦中にフランスで戦死。「木」のモデルとなったのは、自らが通ったラトガーズ大学（ニュージャージー州）に立つ老木といわれる。

木

一本の木と同じくらいすてきな詩に
ぼくは一度も出会ったことがない。

木はやさしい大地の胸に吸いついて
流れてくる恵みをのがさない。

木はずっと天を見上げて、

腕をいっぱい広げて祈りつづけている。
夏になればツグミたちがきて
巣のアクセサリーで木の頭を飾る。
雪を深々とかぶったこともあるし
木はだれよりも雨と仲よく暮らしている。
詩はぼくみたいなトンマなやつでも作れるが
木を作るなんて、それは神様にしかできない。

（アーサー・ビナード／木坂涼編訳、『ガラガラヘビの味―アメリカ子ども詩集』、岩波少年文庫）

植樹が行われている間、演奏者たちが一九一六年当時の曲を奏で、参加者たちはそれに合わせて歌を口ずさんでいました。コミュニティー全体で行う植樹式となり、大勢の人々が参加してくれました。子どもたちは、こちらが用意した小さなスコップで土を掘り起こして楽しんでいました。今日植えた木が大木になるのを見届け、この日を思い出すことになる子もいるでしょう。

植樹した木々の先の遊歩道には大きな岩が置かれています。石工がのみとトンカチで「一九一六年〜二〇一六年」と刻むのに耐えてくれそうです。岩と今日植えた木々は、二一一六年にもここにあることでしょう。

第21章 教区の年代記

INNISHANNON Candlelight 1991-98
INNISHANNON Candlelight
-90

十月の最初の日曜日、私たち三人はうちの台所のテーブルについて『キャンドルライト』のレイアウトを考えていました。『キャンドルライト』は私たちが毎年クリスマスの時期に発行している冊子で、教区の人々が書いた文章や撮った写真を集めて載せているものです。その昔、私にとって「レイアウト《埋葬の準備》」とは、亡くなった人が神のもとへ旅立つための準備をする、という意味の言葉でした。それが今では、クリスマス冊子を印刷所に送る前に、ページ内の記事の配置を決めるという意味で使っています。教区の人々の厳しい評価に耐えられる内容にしなくてはなりません。

メアリーとモーリーン、それに私の三人で、この冊子の編集をもう三十年以上行っています。レイアウトを決める日は、寄せられた記事をすべて持ち寄り、年にいちど成果を確認する嬉しい日なのです。それまで数か月の間、ペンを執ってくれるよう、あるいはパソコンで書いてくれるよう、教区の人々に頼み込んだり、おだてたり、求めたりしてきたのでした。レイアウトは、その年によっていろいろ変わりますが、教区の住民で協力してくれる人は誰でも参加できることになっているため、最終版がはじめの計画とはまったく別のものになってしまうこともあります。執筆者は好きなことを書いてよいきまりです。というのも、この冊子は教区の人々のありのままの声を記録するものにしたいからです。そんなわけで、最近のできごとや過去に起こったこと、小説やノンフィクション、それに書きたいことは何でも、といろんな記事の寄せ集めになっています。何か書いてくれれば、うちの台所のテーブルに乗せられる、というわけです。記事が集まりすぎる年もあれば、ぜんぜん足りない年もあり、私たちは目の前に置いた記事を読んで驚いたり、喜んだり、がっかりしたりするのでした。

この冊子のページ数は、その年に書いてもらった記事の数しだいで、たいてい四十ページから五十ページ程度になります。そもそも『キャンドルライト』を刊行した目的は、教区の人々の様子を映し出したいと思ったからでした。というのも、高齢の住民が亡くなると、地元のできごとなどの貴重な記憶も、故人と一緒に葬られてしまうように思えたからです。それが、何年も冊子を発行し続けている間に、スポーツの観戦報告から誰かの葬儀の様子まで、それこそ何でも載せるようになっていました。

優れた執筆者のひとりが「片割れ」（本書第16章参照）でした。教区で何かが起こるたび、彼はそのできごとを記録していました。私たちが片割れを『キャンドルライト』のレギュラー執筆者として迎え、彼が書いたものを毎年いくつか掲載するようになるまでは、彼の詩や言葉は、頭の中だけに記録されていることもありました。片割れが亡くなったとき、それまでに彼が書いたたくさんの文章が『キャンドルライト』に収められていました。起こったことを愉快に描写しているものが多いのですが、彼が書かなければ忘れ去られていたであろう事実やその日付も記録されています。さて、何年も前に記事を執筆した人の子どもが、親が亡くなってしまったため、その記事が載っているバックナンバーを欲しがることもあります。そんなとき、故人が書いた記事はこの上なく貴重なものです。また、教区内のあらゆる活動、例えばバレー・ローバーズのスポーツの試合、サッカーの試合やボートレース、「きれいな町」チームの偉業など、考えられる活動はおよそすべて記録され、ときに写真付きで掲載されます。「『キャンドルライト』に記事を書いたら、その人はもう過去の人間だ」というジョークが教区で繰り返されていますが、そんなことはありません。だって、掲載される記事のほとんどは現在について書いたものだからです。将来のためには、過去を綴るのと同時に、現在も記録することが大切です。

昔の写真は大変貴重な資料になります。家の屋根裏から出てきたり、片づけや引っ越しのときに見つかったりしますが、特に、学校で撮影した古い写真は、驚くほどみんなの興味を引き付けます。昨年、一九〇二年に小学校で撮影された集合写真が発見されましたが、写っている子どもが誰なのかまったくわかりませんでした。編集担当のふたりが学校へ出向いて尋ねると、ありがたいことに昔の名簿がまだ保管されていました。それで何日も名簿をじっくりと調べた結果、全員の名前を明らかにすることに成功したのです。写真に写っていた子どものひ孫たちが、今では同じ学校に通っています。二年生のある少女は、一九〇二年の写真に写ったひいおばあちゃんに不思議なほどよく似ています。また、ファーストネームが一族の何世代にもわたって受け継がれていることもわかり、家系図をたどっている気分で楽しむことができました。

その古い写真に写っていた子どもたちの身元を突き止めるには、長い時間がかかりました。大変な作業でしたが、興味深い体験でした。学校で撮影された古いモノクロ写真には、驚くほど鮮明なものもあります。学校写真でも、児童全体の集合写真の方が小グループの写真よりずっと面白みがあると、私たちは思うようになりました。教区に一枚きりしかないと思われる集合写真を『キャンドルライト』上で公開すると、「うちの家族のアルバムの中にも同じ写真がある」と言ってくる人が大勢います。掲載した甲斐があったというものです。

一九八四年に初めて『キャンドルライト』を刊行したあと、果たしてこの先はどうなるのだろうかと思ったものですが、この冊子の刊行は今日まで興味深い変化をたどってきています。初期のころの号をめくってみると、現在とはまったく違うイニシャノンを見ることができます。交差点には信号がないし、ザ・ローン地区には家が一軒も建っていません。村の郊外に広がる住宅団地もないのです。何年か前、村の様子の変化をもっと詳しく確認しようと、村がどのように変わってきたか、記憶に残っている限り年代順に記録してみました。住宅街が商業地に変わったり、あるいはまたその逆のことが起こったり、二軒の小さな家がつながれて一軒になったりすると、通りが以前はどんな様子だったのか、すぐに忘れてしまうものです。ある男性に出会って、このことに気づきました。彼はイニシャノンで生まれ育ったのですが、しばらく村を離れていて、その後また戻っていました。私は彼と一緒に村を歩き、彼が子どもの頃の村の様子を思い出そうとしました。でも、村の様相が変わってしまう前はどうだったのか、なかなか思い出せなかったのです。そんなことがあったので、古くからの住人の家をすべて訪ねて聞いてまわり、次の『キャンドルライト』に昔の町並みを詳しく描いたのでした。それで気づいたのですが、長い年月の間に教区内のいくつかの農場の経営者が変わっていました。かつての経営者の名前を覚えているのは、近くに住む農民だけになっていました。そんなわけで、今は教区内にあるすべての区画地について、人々の記憶に残っていることを記録しようと奮闘しているのです。大昔の歴史は文字で詳しく記録されていますが、人々の記憶の中のことは、それを覚えている人と共に消えてしまうからです。

『キャンドルライト』を初めて刊行するとき、どんなやり方をしたらいいかわからず、費用を賄うために寄付を募って歩いたものでした。冊子を販売するようになって二、三年の間は収支がちょうど合う程度でしたが、その後少し利口になった私たちは、採算が取れるようにしようと考えました。ついにはずいぶん賢くなり、利益が出せるほどになったのです。もちろん莫大とは言えない利益ですが、村を良くするための長期的なプロジェクトに使っています。『キャンドルライト』の利益をきっかけとして、村の西側のはずれに立つ「鍛冶屋のビリー」の銅像と、東のはずれにある「馬上の旅人」の銅像を建てるための資金調達プロジェクトが始まりました。また、ジャガイモ飢饉の時代の貴重な古地図を復元するのにも、『キャンドルライト』の利益は使われました。この古地図に描かれたすべての家と区画に番号が振られていて、横に付されたリストを見ると、現在住んでいる家族がわかるようになっています。地図は、聖メアリー教会の中に設置されているので安全です。先祖について知りたくてイニシャノンにやってくる人々はこの地図を見て確認することができます。現在私たちは、チャータースクール*に通っていたとされる子どもたちの銅像を建てるため、資金を集めています。一七五〇年に学校が立っていた、村の一角に記念碑を建てる予定です。アイルランドにはチャータースクールが五十校ありましたが、そこにいた子どもたちの記念碑は、まだどこにも建てられていないからです。

＊　一七三〇年代にイギリス政府が、アイルランドの貧しい子どもたちのために無償で教育を行うとして設立した学校。本当の目的は、カトリック信徒をプロテスタントに改宗させ、イギリス国王と政府に対する忠誠心を教えることだった。四歳から十四歳の男女が学び、親から無理やり切り離された子も多く、学校内では食べ物も満足に与えられない状態で過酷な労働をさせられていた。しだいにその実態が明るみに出るようになり、その結果、一八三〇年代に衰退した。

毎年、この冊子の表紙には、火の灯ったキャンドルを持つ子どもの写真を使い、クリスマスの雰囲気を出しています。今では第二世代の子どもが登場するようになりました。つまり、

『キャンドルライト』の表紙を飾った第一世代の子どもの子どもが親の足跡をたどっているのです。毎年、その年に選ばれた子どもの写真を真ん中に置いて、その周りに、過去の号に掲載された子どもたち全員の写真を並べています。

『キャンドルライト』を刊行するいちばんの目的は、これからの世代のために、イニシャノンの過去と現在を記録しておくことです。この冊子は世界中に郵送され、海外に散らばったイニシャノンの人々と故郷をつないでいます。イニシャノンの住民たちも『キャンドルライト』を大いに楽しんでいます。『キャンドルライト』は、イニシャノンのクリスマスに欠かせないものとなっているのです。

第22章　里帰り

ある日、台所の食卓の上にメモが置かれていました。私にしか理解できないような、短い走り書きでした。「アメリカ人女性、エリーとノニー、七月、電話して」。息子のマイク*は母親とは違い、長ったらしい表現を好みません。六語くらい必要なところを一語で済ませてしまうのです。その母親はといえば、ひとことで足りるところ六語も書いてしまうというのに。息子のメモの意味はわかりました。電話番号も書いてあります。

＊ 著者は一人暮らしだが、隣接する郵便局兼スーパーマーケットで息子夫婦が働いている。息子のお店に電話がかかってきたと考えられる。

私が二十歳代前半で結婚してイニシャノンに住み始めた頃、エリーとノニーは村の教会守りでした。あの当時ふたりは七十代でしたから、もちろん今は、亡くなってから長い年月が経っています。ふたりとも子どもがいなかったので、これはきっとエリーとノニーの姉で海外へ移住して、アメリカに落ち着いた人の子孫に違いありません。私はこの村に長年住んでいる間に、先祖のルーツをたどるため村を訪ねてくる人々に何度も会ってきました。先祖についてできる限りなんでも知りたい、という訪問者の気持ちはよくわかります。そんな人たちはたいてい、百年前の先祖を一時間のうちにたどることができると思い込んでいて、前ぶれもなく突然やって来ます。運が良ければ、昔のことを知っている村人に、たまたま通りで出会うことがあります。昔のことは知らないけれど、どこで情報が得られるか村人が教えてくれる場合もあります。運が悪ければ、村に越してきたばかりの人や単なる通りがかりの人に話しかけることになります。村のことを知らないばかりか、なんの話をされているのかさえ、まったくわからない人々です。いやそれどころか、村の歴史に無関心で自分のおばあちゃんの名前さえ知らない人に出会ってしまったら、訪問者に親切にしようという気持ちさえないかもしれません。だから、先祖のルーツをたどるため村に来る人々にとって、最初に誰に出会うかということが大変重要で、その後のことに大きな違いをもたらすのですが、これはまったくの運任せなのです。このメモの女性は、当てずっぽうに探りを入れているのではなく、ちゃんと調べて連絡してきたのでした。さすがだわ。それに、エリーとノニーを思い出してなつかしさがこみあげてきました。親戚が訪ねてくるというのなら喜んで手助けしたい、私はそう思ったのでした。

私は、一族の八世代が暮らした家で育ちました。海外へ移住した親戚の子孫がときどきわが家を訪れて、そんなとき、両親は十分な時間を取ってお客さんを歓待しました。うちの農場の親戚全員にそうすべきだと思っていたのです。今ではイニシャノンに戻ってくる人々に対して、私が同じように感じています。私が村に来たばかりの頃は、外国から訪ねてくる人を喜んで手助けできる人々がたくさんいたものです。けれども近ごろは、訪問者に情報を提供するのは、ずいぶん難しくなっています。

エリーとノニー姉妹は教区のために尽くしてくれました。教会の守り手として、決められた仕事以上のことをしてくれたのです。祭壇布を洗濯し、花を生け、真鍮の道具を磨き、教会の中を掃除し、ミサの侍者を（ときには司祭をも）教育し、葬儀や洗礼式、結婚式の記録をつけ、墓地のどこに誰が眠っているか正確に把握していました。姉妹の母親も、そのまた母親も教会守りだったこともあり、エリーとノニーは教会の生き字引でした。うちの教区は、この一家に大きな借りがあるというわけです。今こそ、恩返しをするときです。私は姉妹の眠るお墓へ行きました。教会の後ろにある立派な墓石で、家族全員の名前と亡くなった日付が刻まれています。それが、かなり汚れていたのです。そこでフィンバー神父が、教区の資金でこのお墓をきれいにしてくれることになりました。

私がそのアメリカ人の女性に電話をしないうちに、彼女から手紙が届き、こちらに到着する日を知らせてきました。私はスケジュール帳を開き、その日、確実にイニシャノンにいるように、また、予定を何も入れないようにと書き込みました。カレンダーのその日にもしるしをつけました。いよいよ当日になり、うち玄関のドアのノックに応えると、戸口にいたのはアメリカ人の女性ひとりではなく、なんとアメリカ人六人だったのです。あらかじめきちんと手紙をよこしていたパティが、自分の夫と兄、その妻、それに初めてアイルランドを訪れるふたりの友人を紹介してくれました。みんな感じの良い人たちでした。通りに面した部屋にみんなで腰を下ろし、私は、パティの大叔母さんであるエリーのために書いた詩を朗読しました。それから、パティのひいひいおばあさんや大叔母さんが務めを果たした教会を目指してみんなで歩いていきました。途中で、一家の家があった場所を通りました。登下校する子どもを相手にエリーとノニーがお菓子を売っていた小さな店もあった場所です。ささやかな家とお店、それに干し草置き場があった場所には、今ではモダンなテラスハウスが二軒建っています。この二軒が「エリーハウス」と「ノニーハウス」という名前だったらいいのに、私は心の内でいつもそう思っています。

パティとお兄さんは、大叔母さんを知っている人たちと出会い、話を聞いて大変喜んでいました。パティは子どもの頃、母親と一緒に大叔母さんに会いに来たことがありました。いくぶん厳しいところのあるふたりの婦人がちょっと怖かったことを思い出して、微笑みました。アメリカ人の少女にとって、ふたりはまるで別の惑星の存在にも思えました。それでも、ふたりの大叔母さんを忘れたことはなく、イニシャノンを訪れることが母親にとって大きな意味を持つこともわかっていました。長い月日がたって、エリーもノニーも亡くなってから、パティは母親と共にもう一度イニシャノンを訪れました。大叔母さんを知っている人に会うことができず、母親はずいぶんがっかりしたのでした。「だから今回は」パティが言いました。「いきあたりばったりというわけにはいかなかったの」。そういうわけで、きちんとした計画を立ててからやってきたのです。

お茶を飲みながら長々とおしゃべりをした後、私は彼らに話しました。「子どもの頃にエリーとノニーを知っていた村の住民に来てもらうから、そのときまたいらしてください」。大人になってから村に来た私とは違い、村の小学校に通っていた数人に電話をしてみると、案の定、エリーとノニーをよく覚えていました。それだけでなく、通りの向かい側の粉ひき場で働いていた、エリーとノニー姉妹の弟「粉ひき屋のジェリー」のことも覚えていたのです。ある土地で生まれ育って学校に通った人の、その土地についての知識ほど確実なものはありません。子どもは知らず知らずのうちに自分の町の雰囲気を吸収し、その記憶は未読の本のように、心の中にひっそりと存在しているのです。

数日後、電話をしておいた数人の村人とアメリカのお客さんがうちにやってきました。みんなでお茶をいただきながら何時間も話し込みました。エリーとノニー、弟のジェリーのいろいろな話が披露され、みんなよく笑い、楽しい時間を過ごしました。年老いたその村人たちは、姉妹と弟を本当によく覚えていました。彼らは子どもの頃、エリーとノニーのお店でお菓子を買っていたのです。農家を営んでいる村人は、若いころ粉ひき場に穀物を運んでいて、ジェリーのことをよく覚えていました。村人たちもアメリカからのお客さんも、お茶とおしゃべりと思い出話を楽しんだのでした。

次の土曜の晩、パティたちは教会のミサに参加しました。パティとお兄さんにとって、ミサは親戚を思い起こす感動的な体験となったようでした。このふたりと共にアイルランドに来た四人は、アイルランド系アメリカ人の友人が先祖を大切にする姿に、たいへん感動したようでした。ミサには大叔母さんや大叔父さんと知り合いだった村人たちがまだ何人もいました。ミサが終わったあと、みんなでまたわが家のテーブルについて、大叔母さんと大叔父さんの昔の話に花が咲いたのでした。

パティたちがアメリカへ発つ前に、私は『キャンドルライト』に記事を寄せてくれるよう、パティに頼みました。そして期待通り、彼女から間もなく記事が送られてきたのです。

第23章 コミュニティーの一体感

この本のはじめに、みなさんは私と一緒にジャッキーおじさんのりんごの木の下に腰かけ、お茶をいただきました。そしてイニシャノンでの暮らしのいろいろな風景を眺めてきました。村の暮らしとはいっても、いろいろな点で、どこの地域にもある生活を映し出しているだけです。そんな暮らしに彩を添えて豊かにしているのは、そこに住む人々なのです。新たに引っ越してきた人は、活動に参加することでコミュニティーに貢献したいと思うかもしれません。あるいは、コミュニティーに関わらないことを選び、玄関を締め切って中にこもってしまう人もいるでしょう。そう望めば、誘われることもなくなります。でも、自分が住む地域の一員になろうと外に出れば、すぐに受け入れられ、自分の生活も、周りの人々の暮らしも豊かにすることができるのです。イニシャノンの暮らしが良くなったのは、人々が力を合わせて共に作業をしてきたからです。昔からアイルランドには隣人同士が協力し合って農作業を行うならわしがありました。私たちの村の人々もみんなで集まって一緒に計画を練り、物事を達成してきたのです。おかげでコミュニティーは豊かになり、住み心地の良い村になっています。

幸運なことに、昔からずっとイニシャノンの周りは、豊かな農村地帯でした。だから、村で何か大きなことを行うとなると、昔ながらの助け合いのシステムで農家の人々が手を貸してくれるのです。さらに、いつも集まってくれる協力的なメンバーがいて、彼らは決まってやる気満々で来てくれます。こういう人々がコミュニティーの活力となっているのです。どんなプロジェクトでも、このメンバーに助けを求めれば、「手伝いに行くよ」と応えてくれます。普段は忙しいはずなのに、忙しすぎて手伝う余裕がないようなそぶりを見せることなどありません。「何かを成し遂げたかったら、忙しい人に頼むと良い」。昔からよくこう言いますね。ボランティアで作業をしてくれる人を募る場合、まさにこの慣用表現どおりなのです。

ではここで村を歩いて、村の人々がボランティアで成し遂げた仕事を一緒に見てみましょう。この数年でいちばん大きなプロジェクトは、ミレニアム・グローブでした。コーク市方面から国道をイニシャノンに向かってくると、左手に樹齢十六歳の木立が見えます。その木々はいま成熟しつつあります。西暦二〇〇〇年を迎える記念に私たちが植えたものです。そこは荒れ地だったのですが、木々を植えるためにきれいに整備しました。ボランティアの人たちが苦労を重ねて作業をすべて成し遂げました。木々は村の人々が資金を出し合って買いました。根を丸くボール状にまとめた形のものを購入したので、根に手を加えていないものより高額でしたが、高いお金を払った価値はありました。すぐに根づいたからです。それに、植え穴に栄養たっぷりの土を入れ、近くの厩舎から分けてもらった馬の肥やしも入れて、さらに根がつきやすくしてありました。一九〇〇年代最後の数日間、昔のならわしのように隣人たちが集まって木を植えました。ミレニアムを記念する植樹ですから、今後何年たっても樹齢がすぐにわかります。

それから十六年の間に私たちは反対側の川べりに三百本の木々を植えました。いつものとおり村人たちが集まって協力して行いました。毎回お茶とお菓子がふるまわれたので、人々が交わる良い機会となりましたし、重労働の疲れを和らげることができました。そんな機会に住民同士が出会い、新たに引っ越してきた人々がコミュニティーに受け入れられました。木々は成長し、いずれは森になって、最低限の管理で済むようになります。そうなればイニシャノンの環境が大いに改善されるでしょう。コーク県西部へ向かう車が、木々の傍らを忙しく通り過ぎていきますが、木々はその有毒な排気ガスを吸収してくれるからです。

もう少し村に近いところにイニシャノンの名を刻んだ石碑があり、その周りには特別な機会を記念するいろいろな木々が植えられています。その中にヒマラヤスギが一本あります。地元のパブでガーデニングのレクチャーを行ったときに準備されたものです。何年ものあいだ大きな鉢に植えられていましたが、のちにこの場所に移されました。うまく根付いたようで、いずれは見事な大木になるでしょう。愚かな人間に切り倒されることがないよう祈ります。木を植えたことのない人は、悪びれた風もなく木を切り倒します。木が成熟するのにどれほど長い時間がかかるか、わかっていないからです。

いろいろな木々が立つ後ろに背景のようにブナの生垣があり、どんどん成長しています。数年前に村の住民たちが協力して植えたものです。春になると生垣は元気を取り戻し、活力に満ちた鮮やかな緑色になります。夏には緑の色合いが深みを帯び、冬が来ると美しい赤銅色に変わります。

村の入り口に立つ見事な銅像は、ボランティアが成し遂げた仕事の中でも、ことのほか素晴らしいものです。浅瀬を渡る「馬上の旅人」像です。乗用の馬とマントを羽織った男性をかたどったこの像を見ると、その時代の雰囲気が伝わってきます。この先のイニシャノンは長い歴史や言い伝えが残る場所だということを、入ってくる人々に知らせるのです。また、村がどのようにしてできあがったかを象徴するものでもあります。バンドン川の浅瀬の周りに人々が定住して、イニシャノンができあがったからです。むかしアイルランドの主要な交通路は河川でした。道路は砂利道ばかりで、川にはまだ橋がかけられていなかったので、川を渡ることのできる場所は交易ルートとして大変重要だったのです。イニシャノンは、川を渡ることができる場所として生まれました。バンドン川の水位は、イニシャノンの地点まで潮の干満の影響を受けます。キンセール港まで潮が引いてイニシャノンの地点の水位が下がると、歩いて川を渡ることができたのです。浅瀬を取り巻くようにして村は成長しました。

遠い昔の先祖の人々に敬意を表し、イニシャノンが、コーク県西部へ馬で入るときの玄関口となっていたことを記念するため、この銅像を建てたのです。村へ入る国道は、近くに住むジムとアントワネットがゴミ拾いというやっかいな仕事を引き受けてくれているおかげで、ちり一つない状態に保たれています。ゴミ拾いは村の維持管理の一環として欠かせないものですが、その仕事を国道沿いに住む人々がしてくれています。

さて道を進んでいくと、かつてイニシャノンの地主だったフルーエン家が所有していた、テラスハウスの家並みが見えます。すぐ隣には小さな祠《ほこら》があります。周りは緑地になっており、二〇〇五年に植えた一本の柳が成長していて、「きれいな町」グループが三十年前に植えた別の柳を追い越しそうな勢いです。毎年夏には村の人々が大勢集まって祠を点検して清掃し、その後でお茶をいただきながらおしゃべりを楽しみます。祠の脇の小道には赤いポンプがあり、つい最近、その水口の下に古い鉄の桶を据え付けました。むかし司祭館にあったもので、司祭の馬に水を飲ませるために使われていました。ずいぶん前からその用途では使われなくなっていて、今では花でいっぱいのプランターになっています。通りの向かい側には古い「兵舎の井戸」と呼ばれる井戸があり、かつて村の人々はそこから水を汲んでいました。その古い井戸を修復してまた使えるようにしたのです。今では井戸の隣に立派な一軒家が立っていて、若い警察官が家族と一緒に暮らしています。

村へ入るカーブを曲がると、由緒ある美しいマーケット・ハウス*が目に留まります。このような形で残っているのは、アイルランドでもここだけです。すぐ目の前に立つのは、かつてアダリー家の屋敷だったイニシャノン・ハウスを囲むように建てられた石塀です。イニシャノンの初代地主トマス・アダリーは、バンドン川の浅瀬へ続く小道の横に家を建てました。防犯のため、それに、外を歩く通行人の姿が視界に入らないように、自宅を高い石塀で囲んだのでした。アーチを横にいくつもつなげた形の古い石塀は現在も残っており、村の見どころのひとつとなっています。石塀のすぐ前には真っ赤な荷車が置かれていて、その中では花々が咲き乱れています。近くに樽型のプランターもいくつかあり、同じように花でいっぱいです。ウィリーが水をやり、世話をしています。見事な花のディスプレイはまだ続きます。イニシャノン・ハウスのツタで覆われた古い石塀に沿って、プランターに植えられた花が置かれ、塀のアーチの中に花のハンギングバスケットが飾られているのです。この花々は、石塀の中の住宅に住むキャサリンとフィルが世話をしています。村の目抜き通りと聖メアリー教会へ続く坂道にはお店や住宅が並んでいますが、毎年その多くが、花を植えたプランターを窓辺に置いたり、ハンギングバスケットを飾ったりしています。いずれはすべての家が窓辺に花を飾ってくれるようになるといいのですが。

＊　十八〜十九世紀に建てられた屋内市場。かつては多くの町や村に存在していたが、現在ではその用途ではなく、史跡として保存されていたり、役場や企業の建物として使われていたりしている。イニシャノンのマーケット・ハウスは一七八〇年に建造され、現在も

屋内市場として機能している。

村の中を進んでいくと、壁に寄せられて立つ黒と赤の観光案内板が目に入ります。もし歩いて回るなら、案内板に書かれた文字を読んでみてください。村の建物の興味深い歴史が説明されていますから。

村の西のはずれに近づくと、右手に古い石塀があります。塀の内側には一七五〇年にチャーターースクールが存在していました。アイルランド国内に五十あったチャーターースクールは、現在の公立学校の前身となりました。石塀の手前の交差道路は、かつては「チャーターースクール・クロス」と呼ばれていました。石塀のすぐ横に深紅の手押し車があり、その中で花がたくさん咲いています。村はずれの溝の中でぼろぼろになっていたのを拾ってきたのですが、今では生まれ変わって生き生きとしています。橋を渡ると、復元された鍛冶場が正面に見えてきて、その前に「鍛冶屋のビリー」の銅像があるのが見えます。この像はコーク県西部へ進む際の目印としてよく知られています。鍛冶場ではビリーの家族が何世代にもわたって家業に専念していました。銅像前の交差点の反対側の角には、大きなボートが据えられていて、その中でも花々が咲きこぼれています。ボートの後ろは塀で仕切られていて、そこに踏み分け道があり、「養魚場」と呼ばれている川べりに降りていくことができます。そこは、商才のあった地主モーティマー・フルーエンが、賢明にも養魚場を造った場所なのです。

この最後のカーブを曲がってイニシャノンを出るところで、「鍛冶屋のビリー」がさよな

らとハンマーを振っているように見えます。イニシャノンに入ってくる人々を「馬上の旅人」が迎え、去るときは「鍛治屋のビリー」が見送るというわけです。村の両端に陣取る銅像は、村の人々を見守ってくれてもいるのです。

時代の変化の風はイニシャノンの中をも吹き抜けていきました。私たちは、古くからあるものと新しい変化とをうまく混ぜ合わせて村を豊かにし、未来のために維持しています。昔ながらの助け合いの精神でみんなが一緒に作業をすることで、コミュニティーの一体感が強くなるのがわかります。それというのも、みんなでただ作業をするだけでなく、いつもゆっくりと時間をかけて、お茶とおしゃべりを楽しんでいるからなのです。

訳者あとがき

本書の著者アリス・テイラーは、アイルランドで最も愛されている作家のひとりです。かつては大家族が住んでいた大きな家に、今はひとりで暮らしていますが、彼女の毎日は何かと忙しいようです。

夫の養母ペグおばさんから受け継いだリネン戸棚の中を数年ぶりに整理したり、秋冬の間にたまった庭の落ち葉をすっかり取り除いて春の芽生えを探したり、壁一面を覆う大きな本棚を作ってもらい、家じゅうの本を整理して並べたり。二匹の飼い犬の最期を看取って埋葬したり、隣人が廃棄したガラクタを興味津々で物色したり……

アリスは村の人々と一緒にボランティア活動にも精を出します。「きれいな町」チームの一員として花の苗を植え、ゴミ拾いをし、道端の犬のフンを始末します。近くのドロームキーンの森へ出かけていき、木々に妖精の家のドアを設置し、ジャガイモ飢饉の犠牲者を悼む墓地を整備する活動に参加し、復活祭蜂起の百周年を記念する植樹祭の計画を立てます。そして村の人々と一緒に作業をした後は、みんなでお茶とお手製のお菓子を楽しみ、おしゃべりするのです。

お茶（紅茶）はアイルランド人の生活になくてはならないものです。アイルランドが舞台の小説を読んでいると、ほとんどお決まりのように、主人公が家族や友人とお茶を飲んだり、あるいはひとりでお茶をいれて飲んだりする場面が出てきます。

『Put the Kettle On — The Irish Love Affair with Tea（お湯をわかして—アイルランド人の紅茶愛）』という、興味深い本を読んだことがあります。年代も職業も異なる六十人以上のアイルランド人が紅茶について語っている本です。二、三の著名人を除いて、ほかは全員が一般の人々で、彼らがいつごろ紅茶を飲み始めたのか、現在はいつ、どんな茶器で、どういう飲み方をしているかなどを語っているだけです。それなのに、どういうわけか楽しく読める本です。みなさん自分のお気に入りのカップやティーバッグのメーカーがあり、飲む時間や飲み方も決まっているようで、こだわりが感じられます。それに、他の人と一緒にお茶を飲むことを楽しんでいる人が多いのです。

アイルランド人のお茶に対する深い愛と、ゆっくりと腰を落ち着けて、周りの人々と一緒にお茶とおしゃべりを楽しむ時間を大切にしようという姿勢が感じられます。

さあみなさんも、イニシャノンの「角の家」を訪ね、庭に立つ古いりんごの木の下のベンチに腰を下ろしませんか。アリスが、お気に入りのティーカップで紅茶をいれてくれますよ。アリスの話に耳を傾けてみてください。そして、お茶とおしゃべりを楽しんだあと、温かな気持ちになっていただけたら幸いです。

令和三年六月

高橋　歩

Alice Taylor

1938年アイルランド南西部のコーク近郊の生まれ。結婚後、イニシャノンで夫と共にゲストハウスを経営。その後、郵便局兼雑貨店を経営する。1988年、子ども時代の思い出を書き留めたエッセイを出版し、アイルランド国内で大ベストセラーとなる。その後も、エッセイや小説、詩を次々に発表し、いずれも好評を博した。現在も意欲的に作品を発表し続けている。

たかはし あゆみ

1967年新潟生まれ。新潟薬科大学教授。英国バーミンガム大学大学院博士課程修了。専門は英語教育。留学中に旅行したアイルランドに魅了され、毎年現地を訪れるようになる。訳書に『スーパー母さんダブリンを駆ける』（リオ・ホガーティ、未知谷）、『とどまるとき――丘の上のアイルランド』『こころに残ること――思い出のアイルランド』『窓辺のキャンドル――アイルランドのクリスマス節』『母なるひとびと――ありのままのアイルランド』『心おどる昂揚――輝くアイルランド』（アリス・テイラー、未知谷）がある。

お茶のお供にお話を

アイルランドの村イニシャノン

2021年6月25日初版印刷
2021年7月15日初版発行

著者　アリス・テイラー
訳者　高橋歩
発行者　飯島徹
発行所　未知谷
東京都千代田区神田猿楽町 2-5-9　〒 101-0064
Tel. 03-5281-3751 / Fax. 03-5281-3752
［振替］ 00130-4-653627

組版　柏木薫
印刷所　ディグ
製本所　牧製本

Publisher Michitani Co, Ltd., Tokyo
Printed in Japan
ISBN 978-4-89642-639-7　C0098